光文社文庫

倒叙ミステリー傑作集

白い陥穽《かんせい》

鮎川哲也のチェックメイト

鮎川哲也

JN054348

光 文 社

目次

目次、扉イラスト／Adobe Stock

白い盲点

1

山荘の前で車からおりると、陽子《ようこ》は、垣《かき》にそって裏のほうへ廻っていった。入口の大きな木の門には錠《じよう》がかかっているからだ。そのカギを見るたびに、いつか見たモーツァルトのオペラ「魔笛《まてき》」にでてくるパパゲーノを思い出す。このお喋《しやべ》りな鳥刺《とりさ》しの口を封じた錠が、門にぶらさがっている錠によく似ていたからである。黒くて大きくて丈夫そうで、偶然なことながら、掛けた人間のエゴイスティックな性格までが相通じているように思えてくる。市来俊彦《いちきとしひこ》、あの憎らしい男。

高い、急カーヴな屋根をもった二階建ての別荘は、上下あわせてせいぜい五十坪ほどのものだったが、敷地は二千坪あまりある。戦争前に俊彦の父親がこれをたてた当時、土地の値は呆《あき》れるほど安かったに違いない。

いまとなってみると、敷地のひろいことまでが、陽子にとっては癪《しやく》のたねになった。半周するだけで結構時間もかかるし、道がわるいからくたびれもする。脚がちくちくするので立ち止ってみると、ヌスビトハギの実が無数にくっついていた。陽子にはそれが生血を吸うダニみたいに見え、すると急に不気味な思いにかられて、ぬいだ手袋で叩きおとそうとした。ヌスビトハギの実はたしかにダニに似ていた。いくらはたいても、ナイロンのストッキングにひしとかじりついて、いっかな落ちようとはしなかった。あきらめた陽子は、一つ一つを指でつまんで地面にすて、全部の実をとりおえると、さも憎らしそうに茶のパンプスで踏みにじった。草の実はぷつぷつと小さな音をたててわれ、すると陽子は、靴の裏が一面にあかく染ったような気がするのだった。

建物の後ろ側に勝手口があり、その正面に、表門にくらべるとずっと簡素な裏木戸がたっていて、柱にうちつけた金属製のひらたい函《はこ》に、水道の検針員がおいていった紙片などがはさみ込まれていた。

裏門をとおりすぎて五十メートルばかり行ったところの垣根に、人がもぐり込める程度の穴があいていた。この夏のはじめ陽子があそびに来ていたときに、俊彦が仕事師を呼んで、物騒だから修理をするようにと言いつけているのを聞いた。父親の代から入っているというその庭師は、肥《ふと》った、いかにも動作のにぶそうな体つきをしていたが、果して町の建築現場で足場の丸太をふみはずし、骨をおって病院にかつぎ込まれてしまった。以来、垣根の穴はそのままになっていたのだ。

陽子は、先にハンドバッグを投げ入れておいてから、犬のように四つん這いになってくぐりぬけた。他人に見せられた恰好ではないけれども、ここは避暑地として知られた軽井沢町《かるいざわ》からさらに北に入った奥軽井沢である、季節はずれの十月末のいま、見ているものがいたとすれば、それはウサギかキジぐらいであった。

垣根の内側にそい、門のほうにもどりはじめた。砂利をしいた小道の上に、ノコンギクやサイカチイバラ、チガヤなどが生えている。さすがに生命力のつよいこれらの雑草も、葉末が黄色くなっていた。初雪がふるまでに、あと一週間もない頃である。

歩きにくい砂利道は、陽子を入口のポーチの前にみちびいてくれた。軽井沢町にいくらでも見掛ける間に合わせのコテージづくりの別荘とはちがって、この山荘は建て方も本格的だった。赤い瓦《かわら》と茶色の外壁をもった建物は、内部の天井のたかいせいもあって、大柄の、薄っぺらなところは少しもない、堂々とした外観をしていた。ひと夏を暮してみて何よりも感心したのは、どこにも、一点の手抜きもないことだった。三十年ちかい風雪を経ているというのに、窓にも床にも壁にも、少しの狂いもなかった。

陽子は、ポーチに足をかけたままの姿勢でじっとしていた。正面に白ぬりの二枚扉があり、それを見ていると、何人かの台本作家の仲間とともに愉快に過した夏の思い出が、はっきりとうかんでくる。そのなかで、中心人物だった陽子は誰よりもよくはしゃぎ、笑い、あかるく振舞っていた。陽子は、市来が結婚してくれるものとばかり信じていた。おなかが目立って大きくならぬうちに、せめて十月の末までに式を挙げたいと思っていたのである。

子供ができてしまえば、頑固者の俊彦の父親にしても、折れてでるほかはあるまい。言ってみれば陽子は、おなかの子を、敵前上陸の橋頭堡《きょうとうほ》として利用するつもりでいた。そして、もしそれが男の児であったなら、俊彦とおなじように、彦の字のついた名前をつけたいなどと考えていた。

いまから思えば、俊彦の心は、その頃すでに女優の本山田鶴子《もとやまたづこ》にうつっていたのである。スポーツ好きの陽子は体格もよく、上背もたっぷりあった。ある意味では女らしさに欠けていたかもしれない。目も鼻もなみはずれて大きくて彫りのふかい顔は、放送局の人たちからペルちゃんの愛称で呼ばれていた。ペルシャ人に似ているというのだ。陽子は、自分のその容貌が、京人形を思わせる田鶴子に比べて勝味《かちみ》のないことは知っている。むこうは美しさが売り物のテレビ女優だ、敵《かな》うわけがない。しかし、田鶴子から美しさを引けば、あとに何が残るというのか。

二日に一日のわりで東京へでかけるのがプロデューサーに会うためではなく、女と語るためだったという真相を知ったのは、山の空気が肌につめたくなって東京に帰ってからのことだった。そんなこととは少しも知らずに、早手廻しに育児の本などを書店に注文していた自分の迂闊《うかつ》さを思うと、そのたびに、恥ずかしさと口惜しさとで頬がほてってくるのだった。

不快な追憶をたち切るように、陽子は白い扉に背をむけた。そしてポーチから四、五メートルはなれた場所に立つと、あたりを念入りに見廻しておいて、ハンドバッグの口金をあけ、なかから折りたたんだビニールをとりだした。無色透明のその布は、ひろげると二坪にちかい大きさがあった。

陽子はそれを両手にもち、ベッドにシーツを敷くときのように、一度宙にうかせておいて、ふわりと地面においた。それから五、六歩はなれたところに立ち、心持ち首をかしげて、しげしげと位置を検討した。記憶をたどってみると、俊彦が車をとめるのは毎度そのあたりだったはずだ。彼は極端に道のはずれに駐車するくせがあった。

ついで陽子はニセアカシヤのまばらに生えた林のなかに入り、手頃の石をひろってきて、ビニールの四隅と、その中程にのせた。ビニールはこれから当分のあいだ、このままの状態になっていなくてはならない。風に吹きとばされるようなことがあっては困るのだ。陽子はふたたび跪《ひざまず》くと、いったん置いた石塊《いしくれ》を手にとって重さをはかり、ようやく満足した表情になると、もとの位置にのせた。

ニセアカシヤの小枝がぴしりと折れて落ちてきた。リスのしわざだ。しかし陽子はふり向きもしなかった。

2

東京に帰ってからの陽子は、軽井沢町のある長野県のラジオの気象通報を、一度ものがさずに聞いていた。NHKが天気予報をやらない時刻には信越放送にダイヤルをあわせた。一週間もすると、両局のアナウンサーの喋り方のくせまで呑み込めるほどになった。

一度だけ友達に聞きとがめられて妙な顔をされたことがある。

「あら、これ長野県の放送じゃないの」

「そうよ。池が凍ってくれなくちゃスケートにゆけないじゃないの。今年は思う存分すべってやるつもりだわ」

陽子は落着いて答えた。今度の計画を実行するにあたって、途中どんな計算外の突発事故に直面するかわからない。そんな場合には決してあわてぬこと。落着いてやるならば、いかなる難関も突破できることを、何度となく自分に言い聞かせていた。

待望の初雪は毎年の平均よりも二日おくれて、十一月五日に降りはじめた。昨夜から寒冷前線がはり出し、日本海方面の気温の低下を伝えていたものだから、ひょっとすると降るのではないかと思っていたのである。その期待は、五日の十一時の放送で間違いない現実のものとなった。夕方から降りはじめて翌日いっぱい降りつづき、かなりの積雪をみるだろうと言うのだった。心なしか、アナウンサーの声も寒そうに聞えた。

陽子は殊更《ことさら》ゆっくり手を伸ばしてスイッチを切った。イスにかけたまま深呼吸をくり返して、心をしずめようとした。興奮していてはいけない。これから当分のあいだは、冷静であることが絶対の条件なのだ。

机の前のイスに腰を移して、俊彦のアパートにダイヤルを廻した。番号は暗記していた。いまいましい思いがするけれど、忘れようとしても、黒板の文字をけすように、記憶はそう都合よく払拭《ふっしょく》できるものではない。

「きみか、何の用だ」

ふとい声が伝わってきた。むかしはこの声を聞いて随喜《ずいき》の涙をながしたものだけれど、いまは腹が立って体がふるえそうになる。

「しばらく会わなかったわね。変りない？」

恋人だった頃とおなじ調子で言った。裏切られてからも、俊彦に対する態度を、陽子は少しも変えていない。復讐を成功させるためには、俊彦に警戒心を抱かせてはまずいと考えたからだ。

しばらく当りさわりのない話をした。うぬぼれ屋の俊彦は、陽子がいまだに未練をたつことが出来ずにいるものとばかり思い込んでいるようだ。それはいまも、話のふしぶしに見せる彼の自信にみちた、見おろすようなものの言い方からよく判った。

「忙しいんだよ、おれ」

おなじことを、三分にもみたぬ通話のなかで四回もくり返した。それを聞くたびに、陽子のあつい唇の端が、嘲笑《ちょうしょう》するようにめくれ上り、ひくひくと動いた。プロデューサーの前でもみ手をしたり酒をふるまったりして、ようやく台本《ほん》を書かせてもらっている彼が、何で忙しいことがあるものか。俊彦がぜいたく三昧《ざんまい》な暮しをしていられるのは、息子の才能を買いかぶっているおろかな実業家の父親から、月々高額な仕送りがあるからにほかならない。この穀《ごく》つぶしめが！

しかし陽子は胸中に思っていることとはまるで反対に、とろけるような声をだした。

「淋しいの、夕方遊びにいらして、お願い」

さびしいというのは閨房《ねや》がさびしいの意味である。彼等のあいだにのみ通用する暗号であった。女好きの俊彦に、それが猫にあたえたマタタビ以上の効果をあげることは、いままでの経験からよく解っている。

「忙しいんだがな、おれ」

恩きせがましく馬鹿のひとつ覚えみたいに言い、そのくせ、一も二もなく投げたエサにひっかかって、陽子の家をたずねると約束した。

「もう一つお願いがあるの。あたし風邪気味なもんだから、外出するのが面倒なのよ。だから、途中でデパートに寄って買い物して来て頂きたいの」

「なんだ、もうひいたのか。気の早いやつだな」

ふとい声が笑った。

「なにを買うんだい？」

「ハム、ソーセージ、それにセロリが要るわね。言っとくけどサラミソーセージは嫌よ、あとで臭いんですもの」

「ああ、解ったよ」

「ほかに罐《かん》づめのビールを二ダースとクラッカー。そんなところね。好きだったらチーズも買って来て」

「オーケー。それだけか」

「そうね、ついでにウィスキーもお願いしようかしら。よさそうなのをご自分で選んでらしてね。それからアスパラガスの罐づめにマヨネーズ、フランスパンを一本……」

　さらに陽子は、ついでだから推理小説の本を五、六冊買ってきてほしい、日本の物はテンポが遅くて退屈だから嫌いだ、翻訳物をたのむと言った。

　品物は多ければ多いほどよい。手に持てないとなると、車で買いにゆき、そのまま陽子の家へ廻るからである。陽子の計画では、俊彦の車を手に入れることが何にもまして必要なことだった。

夕方になると彼女は、一階の管理人室に顔をだして、小包が届いていないかと訊ねた。あとでこのことが役に立つことになっている。とにかくこれで第二段階はおわった。この重大な時期に、田鶴子が四国にロケに行っていることは幸いだったと思う。彼女が東京にいてデートの先約でもあったとなると、俊彦はこうも易々《やすやす》として陽子をたずねて来るわけがない。つぎの降雪まで延期せずにすんだことを、だれにともなく陽子は感謝した。

3

俊彦を酔いつぶさせると、陽子はネグリジェを脱いで紫色のコーデュロイの外出着にきがえた。整理だんすの上の小型ラジオのスイッチを入れて、音を小さくしぼり、立ったままでニュースが終るのを待った。酔えばかならず眠りこける俊彦が、今夜にかぎって目ざめるわけがないとは思ったが、それでも用心するに越したことはない。陽子は、スピーカーに耳をよせていた。

ニュースがすむと長野局の気象通報があった。耳なれたローカル局のアナウンサーの声は、今夜の初雪が県下全体に霏々《ひひ》として降りつづいていることを告げた。初雪だから、せいぜい十センチも積もってわだちの跡をけしてくれる程度のものを予想していた陽子は、逆に、少し不安になってきた。あまり降りすぎて、交通が止まるようになってしまっては元も子もない。

ラジオを消すと、反対側の窓ぎわのソファの上にだらしなく仰向けになって眠りこけている俊彦を、もう一度のぞいてみた。痩せてとげとげした顔は酔うと蒼白になり、いっそう神経質そうにみえた。鼻をつまらせ、女のように赤い唇を小さくあけて息をしている。タバコを吸わないから歯がしろい。喉《のど》の奥でぜいぜいと鳴っている呼吸音が規則ただしくもれて聞えた。ガスストーヴが熱すぎるのだろうか、ひたいから頬にかけてうっすらと汗ばんでいる。

線のほそい高い鼻や、長くそり返ったまつ毛や、白いひたいにまつわりついている柔かそうな長い髪をみていると、腹立たしいかぎりだが、しかもなおこの男がアドニスのような美男子であることは認めなくてはならなかった。そして陽子は、この美しい男をなんとしても本山田鶴子には渡すまいとあらためて決心した。ほかの女に奪われぬためにも、自分の手で殺してしまうことが必要であった。独占欲と憎しみと復讐のほむらが、陽子のぶあつい胸のなかで渦《うず》をまいていた。

家のなかは静かだった。聞えるものは俊彦の呼吸する音と、しゅうしゅうと燃えつづけるガスストーヴの音だけだった。

　ふり返って壁をみた。ピンクの壁紙をはりつめたそこに、道化《どうけ》た黒人の首のアップリケと並べて、山小屋の形をした鎖まきの時計がかかっている。時刻は七時二十三分。いまから西荻窪《にしおぎくぼ》の家をでてテレビ局をたずねると、到着するのに小一時間はかかる。そして八時半からの一時間を知り合いの局員と雑談しているうちに、俊彦はこの部屋でひとり絶息していく寸法だった。陽子がその時刻にだれかを訪問することは、アリバイをつくるためにも必須の条件だったし、外出していることは、自己の命をまもるためにも絶対に必要な条件になっていた。

　陽子は男の肩に手をかけてゆすぶった。反応がない。俊彦のやせた体はコンニャクのように他愛もなく、されるがままになっていた。

　このぶんなら大丈夫だわ。陽子は唇をきっとむすぶと、ガス栓に手をのばした。指先はいささかの遅疑《ちぎ》もみせずにコックを閉じた。一瞬、ストーヴのあおい炎は消え、ふたたび開いたときには、生のガスが不気味なかすれた音をたてて噴出していた。陽子はハンカチで鼻孔をおさえると、あわてることなく電灯を消してから、しっかりとした足取りで玄関へむかい、スウェードのパンプスをはいて外にでた。

　さすがに頬には血の気がなかった。

4

信越地方に雪が降っているせいか、ひどく底びえのする夜だった。陽子は一時間あまりを局ですごして、放送が終了してからディレクターたちと銀座を呑んでまわり、夜中の一時をすぎた頃にタクシーでもどって来た。

家の庭には俊彦の車がとめてある。それをカバーするために、自分の車は帝国ホテルの地下駐車場においてあった。二つの車はどちらも同じ赤のヒルマンだったから、よほど疑りぶかい人間が庭に入ってきて番号をたしかめぬ限り、垣根ごしにみただけでは、双方の車の相違に気づくわけがなかった。

灯りの消えた真暗な建物をみると、冷静でなくてはならぬと思いながらも、心が波だってきた。あれだけのガスを吸えばまず二時間とはもたないはずである。この家のなかに、痩せた一個のむくろが横たわっているのかと思うと、トイレのつめたい陶器にすわったときのように、体のしんが冷えてくるのだ。

いまからそんな弱気でどうするのか。自分で自分を叱りつけ、励ましておいて、そっと裏手にまわった。勝手口の扉のよこについているガスの元栓を、手袋のはまったままの手でねじる。しっかりとねじる。これで室内のガスはとまったはずだ。

ハンドバッグからカギを取りだし、家に入った。ハンカチで鼻をおさえておいて、手早く家中の窓をあけ、ふたたび外にでて十分間ちかくあたりを散歩した。ガスが残っている家のなかに入って、中毒をおこして倒れてしまっては一大事だ。充分に余裕をみたのち、家にもどった。

臭気はまだ家のなかのいたるところに浸《し》みついているようだった。陽子はガスがうすれてしまっているのを確かめてから窓を閉じ、ついでカーテンを引き電灯をつけた。

ソファの上の俊彦はひときわ蒼い色となり、途中で寝返りをうったとみえて半ばこちらを向いて死んでいた。眠ったようなおだやかな表情のうち、鼻孔と口の端とから少量の血をたらしているのがひどく凄惨な印象だった。

陽子は、これから当分のあいだ、この顔が夢にあらわれて自分を悩ますことだろうと思った。しかし、だからといって目をそむけようとはしなかった。これからやる工作のためには、屍骸《しがい》にまつわるあらゆるものを、非情な眸《ひとみ》で見つめておかねばならないからだ。

吹き出た血は、だが幸いなことに量が少なく、頬の上で凝固したきりでソファを汚してはいなかった。それを確かめると、陽子はほっとして腰をのばした。もしソファが汚れていたならば、いくら洗っても完璧にとり去ることはできず、それは重大な物証とされてしまう。

屍体の恰好、上半身のねじり工合や両手両脚の位置などといったものを、陽子はおちついた態度で観察して、記憶の壁になすりつけておいた。あとで山荘で再現するためにも、あらゆる部分を正確におぼえておく必要がある。手帖にスケッチをするに越したことはないけれど、それを破り忘れたり紛失したりして刑事の手にわたった場合を思えば、そのような危険は避けたほうが賢明であった。

屍体の観察がすむと、つぎに部屋のなかを見廻した。すべては陽子が出ていく前とおなじように、異常はまったくない。陽子はいよいよ最後の大仕事にとりかかるべく、時計をみた。二時に二十分前だった。近所の住人は勤め人ばかりだったから、誰もが明日の勤務にそなえて熟睡しているはずである。こっそり隙見《すきみ》をされる心配はなかった。

まずガスストーヴの栓をとじ、ついで裏口から外にでて、扉の横にある元栓をもとのように開放した。少しでも不自然なことがあっては、後日釈明をもとめられたときに汗をかかねばならぬ。

居間にとって返すと、テーブルの上に雑然とならべてある品物を、用意しておいたスーツケースにつめ込んだ。俊彦が買ってきた推理小説、ビールの罐づめと、からにしてしまった罐、オープナー。それに、封を切って半分ほどに減っているクラッカー、包装紙につつまれたセロリ。アスパラガスの罐とウィスキーなど。ビールの罐には俊彦の指紋がついているし、オープナーで穴をあけた部分には彼の唾液が付着している。そうした痕跡を、陽子はつとめて大切に保存することにしていた。

俊彦がひとり山荘にやって来て、そこでビールを呑みクラッカーを囓《かじ》ったように見せかけることが、陽子の計画のもっとも大切な部分であった。その意味ではタバコの吸殻《すいがら》などがあればなお効果的なのだけれど、俊彦はタバコを吸わないのだから仕方がない。

スーツケースと、俊彦がハンガーに掛けておいた外套を車にはこび込むと、また居間にもどってきた。そして屍体のズボンのポケットをさぐり、そこからカギたばをとりだして、見覚えのある山荘の門と入口の扉のキーを見つけると、第三の難関はこれでパスしたと思った。アパートのカギ、車のカギ、あらゆるカギを身につけている俊彦だったから、今夜にかぎって例外であるとは思わなかったが、もし所持していなかったら、目黒にある俊彦のアパートまで取りにゆくつもりでいたのだ。

無駄な手間はできるだけ省きたい、と陽子は思っている。

　顔の血がすっかり乾いているのを確かめておいてから、床にかがみ、屍体の服に手をかけた。そして渾身《こんしん》のちからを腕に集中して、よいしょと声をかけて担《かつ》ぎ上げた。陽子は体格がよく、逆に俊彦はやせていた。思ったよりも軽く持ち上げられたが、一週間ほど前に冗談にかこつけて肩にのせ、こっそりテストしたときに比べると、丸太ン棒のたばをになったように重たかった。陽子はそれをはこび出してヒルマンの後部のトランクに入れた。内部には前もってビニールが敷いてある。車に血がつく心配はなかった。

　部屋にもどって周囲をひとわたり眺めまわした。もう何ひとつ忘れたものはない。陽子は寝室にいって鏡の前に立ち、かるくパウダーをはたき、口紅をぬった。重たい荷物を抱えたせいか、緊張しているせいか手がふるえて、いつになく時間がかかった。

　食欲は少しもなかったが、あとで空腹になるのは判っていたから、罐入りのカキモチとジャーにつめた珈琲を用意しておいた。それを助手席になげ込むと、これで一切の準備は完了した。少なくとも陽子にはそう思えた。

　すでに時刻は四時をすぎていた。興奮していたので少しの寒さも意識しなかったが、ガスストーヴの消えた家のなかは、すっかり冷えきっていた。ほのあたたかいジャーが肌にふれたときに、陽子ははじめてそのことに気がついた。

裏口をしめ、玄関に立ってブーツをはこうとして、陽子はたたきの上にぬいだまままになっている俊彦の靴に気がつき愕然とした。しばらくの間その場につっ立って、息をつめたまま、自分の間抜けさ加減にあきれていた。屍体を山荘にころがしておき、俊彦がひとり山荘にやってきて死んだように見せかけようとしても、靴が山荘の入口に脱ぎ捨ててなければ、たちまちにして陽子の苦心は見破られてしまうではないか。

陽子の自信はにわかに崩壊していった。靴は気づいたからよい。しかし、ほかにも何か忘れたものはないだろうか。気づかずにいたために、完全犯罪のつもりでいたものが、もろくも馬脚《ばきゃく》をあらわすようになったら万事休《ばんじきゅう》すだ。

ほかに忘れ物はないか。ほかに忘れ物はないか。

憑《つ》きものがしたように鈍い目をして、陽子は家のなかをうろつき廻った。

「推理小説の本も入れた……ビールも入れたわ」

車につみ込んだものを数えながら、セリフを暗記しようとしている俳優みたいに、声にだしてつぶやき、そのたびに指をおった。

「パンも……アスパラガスの罐づめも……そして屍体も……」

5

車の運転には三年あまりの年期が入っていた。それに、自分のとおなじヒルマンである。ハンドルが少し甘かったけれどもまず快調に走れた。

以前、ある推理小説の専門誌で、一人の作家の作品が分析されて、屍体移動のトリックを使いすぎる、それも車ばかりを利用しすぎると評されているのを読み、作者の頭脳の貧困さを冷笑した記憶があった。けれども、いざ自分が隠蔽《いんぺい》手段にでようとすると、アリバイをつくるためには、結局それがいちばんすぐれた方法であることに気づいたのだった。

唇の端をゆがめて苦笑する自分の顔を、バックミラーのなかでちらりと見た。緊張しているせいか少し蒼ざめているなと思った。車は夜明けの高崎の町にちかづきつつあった。目立って雪の量が多くなっていた。

予定したとおり、八時すぎに奥軽井沢の山荘についた。ふだんでさえ人通りのない場所である。しかもいまは雪がしきりに降りつづけている。十メートルも離れれば、白いカーテンにさえぎられてもう眺望はきかなかった。山荘でなにをやろうが、それが土地の人の目にふれる心配は全然ない。そして靴の跡もタイヤの痕も、一切を雪が埋めつくしてくれるのである。陽子は安心して仕事にうち込むことが出来た。

門の前で車からおりると、鍵たばのなかからいちばん大型のものを選んで、鍵穴にさしこんだ。錠はすぐにはずれた。陽子は門を大きくおし開けておいて運転台にもどり、庭のなかに乗り入れてから、また門扉をとじておいた。鍵は建物のなかにおいてくるつもりでポケットに入れた。

雪に化粧されたニセアカシヤ林の黒い梢の美しさを、陽子は鑑賞するゆとりに欠けていた。ゆるくカーヴしている道に沿ってポーチの前まで達すると、車をとめた。陽子は白いオーバーを着ていた。万一だれかがやって来ても、白い外套ならば保護色となって容易に目につくまい。陽子はそうしたことまで計算にいれていた。万一しくじれば絞首台に引きずり上げられることになる。慎重たらざるを得なかった。

大体の見当をつけて雪のなかに手を入れた。重石《おもし》にしておいた石塊はすぐ見つかった。陽子は一つ一つ手にとると、ニセアカシヤの木の間めがけて投げ捨てた。そしてふたたび腰をおとして、地上に敷いておいたビニールの一端を両手につかみ、用心しながら徐々に持ち上げていった。下から、乾いた土があらわれた。

苦心をしてビニールのカバーを取り払うと、車をその上に移動した。ヒルマンの下の土が乾燥していれば、俊彦が到着したのは雪の降りだす以前だったということになる。長野放送は昨夜の午後六時すぎから降りはじめたと言っているのだ、したがって、俊彦がやって来たのは六時よりも前だったという結果になるのであった。

その頃の陽子は、友人とロードショウの映画を見ていた。だから、万が一に俊彦の死は過失によるものでなく殺人であることが判明し、当局から疑惑の目でみられるようになったとしても、同行の友人が、その時刻に陽子が東京にいたというアリバイを立証してくれることになっていた。

車をおりて入口の扉にカギをさし込んだ。かすかな音をたてて蝶番《ちようつがい》がきしんだ。屋内の澱《よど》んだ空気はいくぶん塗料くさくはあったけれども、カビの臭いは少しもしなかった。

ひと夏をここで送った陽子は、隅からすみまでに通じていた。まるでこの家の主婦ででもあるかのように、物置の三段目の棚の左端に殺虫剤がのせてあることまで知っているのだ。だが、今朝の山荘は仇敵《きゆうてき》をむかえるようによそよそしく、冷たい態度だった。

陽子もくらい目をしてたたずみ、玄関からすぐつづいているホールや、ホールの左右の壁にならんでいる四つの扉を見廻した。だれかれと組んで踊り興じた思い出が、ホールの床板《フロア》にしみ込んでいた。右手の手前の扉は居間に通じている。そこでテーブルを囲み夜おそくまでカードをたたかわしたり、麻雀《マージヤン》をやったりした。負けたほうが一枚ずつ着物をぬぐことに決め、パンティ一枚というきわどいところまで追いつめられた夜もある。耳をすませると、扉のなかから、仲間たちの陽気な笑い声が聞えてくるような気がした。

しかし陽子はすぐ現実に返った。スリッパ箱からスリッパをとり出し、床においた。それをつっかけて廊下に上ると、すぐ左手の、書斎として使っている部屋の扉をあけて、室内の様子を点検した。鉄格子のはめられた窓にはレースのカーテンが引いてあり、部屋のなかはかなり明るかった。

何よりも大事なガスストーヴは机の横の床においてある。二十年も前の古い型であった。二週間ばかり前に田鶴子をつれて一泊した、という噂を聞いたことがあるから、多分そのときに使ったものなのだろう。陽子はこの暖房器具に異常のないことをたしかめておいてから、満足して立ち上った。

机の上にうっすらとほこりがのっているのを見ると、窓ぎわにおき忘れられている雑巾《ぞうきん》をとって、ざっと拭いておいた。ものぐさな俊彦ならばやりかねない掃除の仕方だった。

玄関にとって返すとブーツをはいて外に出て、西荻窪の自分の家で先刻やったのと逆のことを、くり返した。まずトランクの蓋《ふた》をもち上げておき、冷凍のイルカみたいになっている屍体を、すり傷をこしらえないように気をつけて引きだすと、肩に担いで家のなかにもち込んだ。

俊彦はこの山荘にやって来て酒をのみ、ガスストーヴにつまずいて転倒、そのまま眠りこけて中毒死をとげたというふうに演出しなくてはならない。それは、できるだけ自然に、作為のあとが目立たぬようにやる必要があった。

陽子は書斎にはこび込んだ屍体を、そっと床の上に横たえた。もっとも、すでに蠟《ろう》人形のようにしゃっきりとした形にでき上っている屍体のことである、いまさら手脚をおり曲げてポーズをとらせる必要はなかった。気をつけるべき点は、どちらの頰を下にするかということであった。間違ってそれを逆にすると、血のしたたり方の矛盾から、ただちに欺瞞《ぎまん》をみぬかれてしまう。

何回か車まで往復し、東京からはこんできた品物をすっかり山荘のなかに持ち込んだ。そしてビールの空罐を机にのせ、その横にクラッカーの袋とチーズをおいた。陽子は一度も手袋をぬがなかった。自分の指紋をのこさぬようにするとともに、罐やオープナーについた俊彦の指紋を消さないように細心の注意をはらった。

むら気な俊彦は、季節はずれのときでも、思いつくたびにひょいと別荘にやって来ては、ひとりで仕事をしたり読書をしたりする。勿論そこには喧騒《けんそう》な都会生活から逃避する気持もあったろうが、いまから考えてみると多分に芸術家気取りのポーズにすぎず、本人はそうすることによって自己満足におちいっていたような気配があった。俊彦のそうした習性が、いま役に立とうとしていた。

陽子は、デパートで買わせた翻訳ものの推理小説の本を五冊、机の上につみ重ねた。とにかく女が出て艶麗《えんれい》なベッドシーンを展開すれば上機嫌でいる俊彦の好みが、そのまま反映した選び方だった。陽子はなかでももっとも派手でサディスティックだという評判の一冊をとりだし、一ページずつ丁寧《ていねい》にひらいて読んだあとをつけ、それをほぼ三分の一のところまで繰り返した。

買ってきた肉類やパンはサイドテーブルの花瓶の横にのせた。二、三日分の食糧として充分な量だった。やせた俊彦はあまり食欲が旺盛なほうではない。これだけあれば五日ぐらいは暮せるかもしれなかった。

外套と革の手袋も、至極無造作なさまをよそおって、投げだすようにサイドテーブルの上においた。本来ならば外套を着たまま倒れているほうが、寒い山荘を舞台とした場合はふさわしかった。だが、棒のようになった屍体にはどう骨をおってみたところで着せることは出来ない。あきらめる他はなかった。門の錠前は俊彦の外套のポケットに入れかえておいた。

白いオーバーの「舞台監督」は書斎の片隅までしりぞくと、俊彦が転がっている位置について再考した。机に坐ってビールを呑みながら読書していた俊彦が、手洗いにゆくつもりで立ち上り、床のガス管につまずいて倒れて、管がはずれる。それに気づかずそのまま寝込んでしまうのである。すると彼は、机と入口の扉をむすぶ線の上に横たわっているべきだ。さらに頭部は入口を向いていたほうが自然にみえるのではないか。

そう考えて屍体を少しずらせると、玄関からスリッパを持ってきて、一つを片足にひっかけ、もう一つを裏をむけて絨毯《じゅうたん》の上になげだした。時計をみると、夢中になっていたので時間のたつのを少しも意識しなかったが、早くも朝の九時半になろうとしている。少し急いだほうがいい。

大方の仕事はこれですんだ。あとはガスストーヴの栓をねじるだけである。陽子はほっとしてひたいの汗をぬぐい、それから持ってきた新聞紙を床にひろげて、カキモチと珈琲の朝食にとりかかった。屑をこぼしたために、そこから第三者の存在を感づかれてしまってはまずい。そうしたことに気を配りながら、カキモチを珈琲で胃のなかにながし込み、味気ない食事をすませた。そして新聞紙とジャーと、車のトランクのなかと庭に敷いておいたビニールとを、それぞれスーツケースにしまい込んだ。

最後にのこったのは指紋の問題だった。当然ついている指紋がそこになかったなら、捜査官はすぐピンとくるに相違ない。まず門の閂《かんぬき》のカギと入口の扉をあけたカギだが、これには指紋がついていては訝《おか》しい。冷たい戸外での動作なのだから、手袋をはめたままで鍵穴にさし込んだに決っている。しかし推理小説の本をよむときは手袋をぬいでいたろうから、表紙にも各ページにも指紋がついているべきだった。本を屍体のそばに持ってゆき、指の角度を考慮にいれて指紋をつけた。かなり面倒で時間のかかる、そして気味のわるい仕事だったけれど、これを省《はぶ》くわけにはゆかない。

陽子は監察医務院の医師になったつもりでいた。彼らが屍体をおそれないのは、それを一個の物体として考えているからだった。もし屍体がこわいものであるならば、とても仕事にならない。陽子は俊彦の屍体を物体だと思うことにより、恐怖感を克服することに成功していた。

いよいよ大詰めに来た。書斎のなかを入念に見廻してミスのないことを確かめたのち、ガスストーヴを引きよせて、右手の親指と人さし指の指紋を、開いた栓につけた。

もう一度時計をみた。十時だった。時間のたつのが本当に早い。陽子はハンカチを取りだしておいて、まずストーヴの位置をずらし、ガス管をはずしてから壁の元栓を思いきり開放した。ガスの噴きだすしゅうしゅうという異様な音が、書斎のしずけさをかき乱した。片手で鼻にぬらしたハンカチをあて、片手でスーツケースをさげて、小走りに陽子は部屋をとびだした。屍体が嚙みついてくることはない、しかしガスはこわかった。現実的な恐怖のほうを陽子は恐怖した。

ブーツをはいてから、陽子はハンカチの下からぎらぎらする眸をじっと宙に固定して、ミスはないか、忘れ物はないかと思考を集中した。ビニールもジャーもスーツケースのなかに入っている。残してきたものと言えば吐きだした炭酸ガスぐらいのものだった。女の香りをのこすまいとして、陽子はここ数日香水もつけていないし、においのする化粧品もつけなかった。脱いだスリッパをスリッパ箱にしまい込んでおけば、これで陽子の存在は完全にかき消えてしまうのである。誰がみても俊彦は気まぐれに山荘にやって来てビールに酔い、過失死をとげたと信じるにちがいなかった。

気のせいかガスの臭気がここまでかすかに漂ってきたようだ。陽子はスーツケースを持つとそっと扉をあけ、首だけだして庭の様子をうかがっておいて、辷《すべ》るように外にでると思い切りよくぴしゃりと閉じた。錠はひとりでにかかる。

来たときの靴跡もタイヤの痕も、すっかり雪に埋っていた。駐車したヒルマンの下からは白茶けた土がみえている。万事が何の障害もなく、計画どおりに運んだのである。陽子はすっかり気をよくしていた。ニセアカシヤの林のなかの道をたどり、入口までくると、木の門を引きよせた。

そして外側から手を入れて閂をさしこんでしまうと、山荘をあとに、雪をふんで歩きだした。軽井沢駅までは一時間あまりかかるだろう。しかし、いままでの肉体的の、精神的の苦労から考えるならば、そんなことは何でもなかった。殺人劇から解放された陽子は身も心もかるくなった思いだった。ただ少しでも早く現場から遠ざかろうとする一念で足をいそがせていた。

みごとに成功したという喜びがわいてきたのは、東京に帰って、冷えた体を浴槽のなかに横たえていたときであった。体の芯がほっかりしてくると、張りつめていた緊張がときほぐされてきて、いままで心の底に冬眠していた歓喜の情がむくむくと頭をもたげた。陽子は厚い唇をわって、はじめて誰はばからぬ会心の微笑をうかべた。

本山田鶴子がさぞがっかりするだろうと思った。あの女も、所詮は俊彦の莫大な財産にひかれたに過ぎない。嘆くとすれば、それは玉《たま》の輿《こし》にのりそこねた自分の運のわるさに対してなのだ。いい気味だ。

6

俊彦の失踪が問題になりはじめたそもそものきっかけは、あるテレビ局のディレクターが台本の解釈に疑問の点があるということから、作者に訊きただそうとしたことだった。目黒のアパートに電話してみたが、五日の午《ひる》すぎに車ででかけたきり戻らないという。ぶつぶつ言いながら、ついで友人仲間に問い合わせてみたが誰も知らない。

陽子のところにも、そのとき電話があった。

「困ってるんだよ、午後から本読みがあるっていうのになあ」

顎のとがったディレクターの眉をひそめた顔が、陽子には目にみえるようだった。

「知らないわ、あたし。武サンのとこに行ってるんじゃない。徹夜で賭け麻雀をよくやるのよ」

「武サンには聞いてみたよ。ここんとこ十日ばかり会ってねえんだとさ。弱っちゃったな」

そのディレクターは軽井沢の山荘にも市外通話をかけてみた。当然なことだがだれも出ない。別荘にもいってない、と彼は判断した。

どこにもいない。かといって失踪する理由も考えられない。

警察に失踪届をだしたのが十一日のことだった。するとさすがに警察だけのことはあって、一応山荘にも手をまわして見ましょうということになり、軽井沢町署に依頼の電話がかけられた。すでに雪は止んでいたが、署員が難渋しながらようやく山荘にたどりつき、入口のポーチに立ったとたん、鍵穴からもれてくる猛烈なガスの臭気に顔色をかえた。

そうしたことを、陽子はテレビや新聞で見ていた。雪が降りだす前に到着し、過失死したという発表がながれてきたときには、ほっとして膝を組みなおし、祝盃のつもりで呑みさしの紅茶のカップを取り上げたりした。

　過失死と判断されているかぎり陽子の身は安全だった。いや、仮りにそれがガス中毒に見せかけた殺人であることが判ったとしても、俊彦が到着した頃、陽子が自分のマンションにいたことは管理人が証言してくれる。俊彦が殺されたその頃に、陽子は軽井沢町をはるか離れた東京のテレビ局で雑談をしていたのだ。犯人たり得るわけがない。

　不思議といえば不思議だが陽子は俊彦の夢ひとつみなかった。睡眠中に夢魔《むま》におびやかされて呻き声をあげたりするのではないかと心配をしたこともあったけれど、いまとなってみるとそれは杞憂《きゆう》にすぎないことが判るのだった。考えてみると、陽子が良心の苛責《かしやく》をまるで感じていないことに、その理由がもとめられるのかも知れなかった。

　俊彦に捨てられ、その結果泥まみれとなった陽子の自尊心をもとのようにするためには、俊彦を殺す以外にはないという明快な論理が、ぴんと一本の筋をとおしていた。俊彦を殺さぬかぎり、古草履《ぞうり》のようにほうり出された屈辱感は、たとい陽子が大統領夫人になったとしても、心の底でくすぶりつづけ、一生彼女をなやましたに相違なかった。陽子自身が誰よりもそのことをよく知っている。

俊彦の屍体は解剖にふされたために葬儀が一日おくれ、発見されてから三日目にようやく行われたことを、陽子は友人から聞かされ、また新聞で読みもした。しかし、恋人の本山田鶴子がハンカチをあてて泣きくずれたという記事を目にすると、やはり妬《ねた》ましいような、ねちねちとした不愉快な思いが胸によどんでくるのであった。

それは葬儀があってから更に二日のちのことであった。仕事をしていると玄関のベルが鳴った。おりしもあぶらがのってきて筆がよく辷っていたときなので、舌うちをして立っていった。

扉の外には見たことのない中年の男がたたずんでおり、あなたが大垣《おおがき》陽子さんかとたしかめておいてから、自分は私服の刑事なのだが、軽井沢町の山荘で死んだ市来俊彦氏についてちょっと伺いたいことがあると言った。刑事は、陰気な感じの目をしていた。

一瞬、予期もしなかった人間の唐突の訪問をうけて陽子はどう応答し、どう表情をつくってよいのか判らなかった。まさか、あの完全犯罪がばれたとは信じられない。とすると刑事は、一体なにを訊ねるためにやって来たのだろうか。素早く自問自答してみたが割り切れる結論はでなかった。

気づいたときには刑事を居間に案内して、向き合って坐っていた。そして、刑事が腰をおろした場所が、あのソファの俊彦が死んでいたところであることを知ると、陽子は自分ですすめたくせに、その暗合にひとりおののいていた。

「お忙しいでしょうから、早速用件に入ります」

と刑事は切りだした。平凡な、どこにおいても目立ちそうにない顔をしたその刑事は、しかし口のきき方はいたってもの慣れた調子だった。態度も鄭重《ていちょう》だった。

「最初に申しておいたほうがよろしいと思いますが、わたしどものほうでは、あなたと市来氏とが一時きわめて仲がよくて、しかしその後は疎遠《そえん》になるような理由がおありになった、そういう一切のことを調査した上で、お訪ねしているのです。したがって質問はかなり突っ込んだこととなるでしょうが、お怒りにならないで答えて下さることを、あらかじめお願いしておきます」

いよいよ様子がおかしい。俊彦が過失で死んだというのに、なぜこの男はそんな役にも立たぬ質問をするのだろうか。

陽子はだまってうなずいてみせた。胸中では、わき起こった疑問とたたかうことで、頷くのがせい一杯であった。

「その前にもう一つ」

と、背の高い中年の刑事はつづけた。

「わたしどもはあの事件を過失であるとは考えておらぬことも、申し上げておきましょう」

「あら、あの人は酔ってストーヴのガス管を蹴とばしたのだと聞いていますけど」

声が甲高《かんだか》くひびいた。どういうわけで過失でないと断定したのだろう。それとも、小説のなかの刑事がよくやるように、かまを掛けたにすぎないのだろうか。陽子が刑事と口をきいたのはこれが最初の経験だった。刑事というものの概念はすべて推理小説から得ているに過ぎない。

「いや、あれは殺人です。犯人が事故死に偽装したんですよ。だが犯人は大きなミスを残していった。ですから容易に殺人であることが判断できたのです。もっとも新聞や放送では過失死だと言っておりましたが、彼らにはああいったふうに信じさせておくと、何かと都合がよかったものですからね」

「でも――」

「それはですね、情況から考えればすぐ判ることなんです。市来君はあの部屋で本をよんでおった。少なくとも表面はそう思わせるようにお膳立がしてありました。

大体が市来というひとはですな」

と刑事は陽子の思惑をあたまから無視したように語りつづけた。

「ある点ではルーズな性格だったそうですが、またある点では、きわめて用心ぶかいたちでもあったという話です。たとえば火気に対しては神経質なほど注意をしておった。ですからあの別荘が漏電から火事を出しはせんかという心配をして、町の電気屋をよびよせたこともある。火事に対して神経質なひとでしたから、あの山荘をとじて東京に帰るときには、揮発油《きはつゆ》やベンジン、マッチなどの類はすべて持って帰ったということです。事実軽井沢の署員が別荘をしらべてみた際にも、あの建物のなかにはマッチ一本なかった。燃えがら一本なかったのですよ」

「…………」

「するとです、本人は一体どうやってガスストーヴに点火することが出来たんでしょうな。タバコを吸わないそうだから、ライターも持っておらなかった……」

陽子はなにか言わねばならぬと思った。口を開くと、意味もなにもない、山羊《やぎ》の鳴き声に似たものが聞えた。もう駄目だと観念していた。刑事の言うとおりだ、反駁《はんばく》する余地はどこにもない。

心臓ははげしく鼓動《こどう》をうちつづけた。顔の色はすきとおるように蒼白になっていった。

法廷にひきだされて、傍聴人の憎悪と好奇の目でみつめられている自分の姿が、ちらりと頭のすみを横ぎった。そうした辱《はずかし》めを味わうよりも、いまこのイスの上でなにかの発作が起こって死んでしまえたら、どれほどうれしいことだろうかと思った。となりの部屋に逃げ込んで、ナイフでもいい鋏《はさみ》でもいい、手当りしだいの刃物を頸につき立てて自殺をはかりたかったが、刑事の目をみると、少しの油断もないことが知れた。いや、逃げようにも、立ち上ったらへなへなと床に坐ってしまいそうだった。

「まだあるんです」

なにも気づかないのだろうか、刑事は平然として話をつづけていった。もういい、もう結構だ。そう叫びたくなる一方、自分の間抜けなしくじりを、とことんまで聞いておきたい気もした。陽子はまばたきすることも忘れたように刑事の顔をじっと凝視したまま、話を待った。

「裏木戸の柱の小函に、水道局や配電会社やガス会社の検針員がメートルをしらべに来て、鉛筆で記入をしていった票が突っ込んであったんですな。わたしの女房なんかはこれを見ると、使い過ぎたのすぎないのと大騒ぎをやりますが、市来氏はそんなものにはちっとも興味がなかったようです。いかにもお金持ちの坊っちゃんにふさわしい話ですな。ところで、そのなかのガスの検針票をみるとですね……」

刑事はポケットから黒表紙の小さな手帖をとりだすと、早くも老眼の気があるのだろうか、目を離して文字をみた。

「十月末日に検針したときの数字が書き込まれています。軽井沢町の別荘では、東京に帰るときにそれぞれの会社のほうに電話をかけておくと、来年の夏までは検針に来ないことになっているのですが、市来氏はときどき泊りにくる気でいたためか、そうした連絡をせずにいたわけですね。だから、十月の末にも、ガス水道電気と、三つの会社から検針員がしらべに廻っていたのです」

「…………」

「一方、屍体を発見した巡査はあわててガスのコックを止めたのですが、そのときのメートルにあらわれていた数字から、いま言った十月末に検針した数字を引きますと、つまり、十一月に入ってからの使用量がわかるわけですよ」

陽子はこれでも女の端くれであった。ガスの使用量を云々されると、急に話が身近のものとして理解されてきた。陽子のうなずくのをみた刑事は、いっそう熱心な口調になった。

「こまかい数字は省略しましょう。要するに、市来氏が五日の午後の、雪がふりはじめる前に到着して、早速ストーヴに点火したものとして計算をすると、使った量が少なすぎるのですよ。つまりですな、書斎のガス栓のひねり方から、毎時何立方ミリのガスが噴き出したかは簡単にはかれます。その数字で、さきに差し引いた数字をわってみると、ガスが何時間噴きつづけていたかということは、きわめて容易に解るわけですな」

刑事はそこでふたたび手帖に目をおとした。

「計算したところでは、書斎のガス栓があけられたのは、五日ではなくて六日の午前十時頃だということになるのです。市来氏の死亡時刻は、解剖の結果によると五日の夜の八時前後ですから、そこに、十四時間ちかいくい違いがあるのですな」

「………………」

ともすると散漫になりそうな思考力を、陽子は必死になってつなぎとめていた。刑事は陽子に呑み込ませようとしてか、さらにゆっくりと、嚙んでふくめる説明の仕方をした。

「仮りにですよ、一歩ゆずって市来氏がガス管につまずいて死んだとしてみましょうか。そうすると、少なすぎたガスの使用量を説明するには、市来氏が絶息した直後に誰かが現場に入ってきてガス栓をしめておいて、それから十四時間たった後にふたたび別荘にしのび込んで、また栓をあけていったことになるのです。だが、そんな理屈にあわぬ真似をやるものはいません。それを矛盾なく解釈するには、先程お話しした、犯人のおかしたマッチのミスと併せて考える必要がある。そしてその結果、どこかで殺した屍体を、あとから運び入れたという解答がでてくるのです」

機械的に、陽子はこっくりをした。二つのデータを並べれば果して刑事が言うとおりの答えがでてくるものかどうか、すでにそれを考える力もつきていれば、根気も失せていた。ただ一切のものが煩《わずら》わしかった。

急に刑事はいずまいを正した。

「市来氏を憎んでいる事情にある、と思われるあなたに伺います。六日の午前十時ごろ、言いかえれば犯人があの書斎でガスの栓を開いた時刻に、あなたはどこにおいででしたか」

「――――」

返答に窮した。殺害時刻のアリバイは用意してある。けれども、山荘にいるときのアリバイは準備していなかった。体が二つないかぎり、アリバイを造れるわけがない。せっかく苦心したビニール布利用の工作も、こうなっては何の役にもたたなかった。

にわかに目の前が昏《くら》くなり、陽子はこれ以上体をささえていることが出来なかった。刑事の呼び声を、はるかに遠くのほうで聞いたような気がした。

暗い穽《あな》

1

岩谷修三《いわたにしゅうぞう》としるされた名刺を手にして、花井《はない》は、その秀《ひい》でた眉のあたりに満足気な表情をちらとうかべた。

「随筆をお願いしたい」

そういう口上で、著名な経済雑誌の記者がたずねて来たのである。いよいよおれも、こうした一流誌から原稿をたのまれるようになったのだ。そうした喜びがこみ上げてくる一方では、果して自分にそのような文章が書けるかどうかと、大いに危ぶむ気持もあった。

「いかがなさいます?」

紺の上衣をきた女子社員が、伺《うかが》いをたてるように鄭重《ていちょう》にたずねた。そのブレザーコートも花井が提唱し、著名な画家にデザインをしてもらって、都内にある十二の支店の全女子従業員が着用することになったものだった。それを着るとひときわ可愛くみえるということから、男子の社員のあいだでも評判がいい。

花井は、紺色のよくうつる女子社員の姿に、ちらりと満ち足りた目をやった。

「お通ししなさい」

この人形町《にんぎょうちょう》支店は支店のなかでもいちばん狭い。女子社員が扉をしめたかと思うとすぐに開かれて、支店長室に客が案内されて入って来た。目礼をかわしたとき、男のどこかやつれた印象を敏感に見てとって、花井はおやと思った。あらためて観察すると着ている服もかなりくたびれたもので、布地が部分的にすりへっている。

「まあお掛け下さい。あまり時間はないが……」

「いえ、五分もあれば充分ですから」

服装とは反対に、男は歯切れのいい口調で答え、腰をおろすとすぐさま接客用のタバコをつまんだ。新聞記者がものおじしない図々《ずうずう》しい人種であることはかねて聞いていたけれど、雑誌記者も似たようなものだと半ば感心しながら、ライターをさし出した。花井自身は吸わない。

「いい部屋ですなあ」

岩谷は室内を見まわしてから、とってつけたように感嘆してみせた。そしてピースを灰皿に捨てるまでに、壁の油絵を褒め花瓶をほめ、そこに活けてある金盞花《きんせんか》のあざやかなオレンジ色までおおげさな表情で賞讃した。

花井は金盞花を好まない。草花のくせに菜っぱみたいな葉をしているのが気に入らぬ。派手で大柄な花をみていると、性格の合わない妻の厚化粧を連想して、ふっと顔をそむけたくなる。

「ところでご用件は？」

随筆のことを容易に切り出してこないので、花井は少しいらいらしてきた。

「そうそう、その件ですがね。最初に謝っておかなくてはならないのは、ぼくが雑誌記者ではないということです。そう言わないと玄関払いをくわされると思ったもんですからね」

そうした嘘をつくことに慣れているのだろうか、男は、むしろ得意気な表情をみせて洒々《しやあしやあ》とした態度だった。腹を立てるよりもむしろ呆《あき》れる思いで、面長《おもなが》の、目がほそいという他にはべつに特徴もない相手の顔を、まじまじとながめていた。

「不愉快だな、そうしたやり方は。わたしは忙しいのだ、帰って下さい」

「早まっちゃいけない。思ったとおり気みじかな方ですな」

「なに？　誰かね、きみは」

「私立探偵です」

胸のポケットからぬき出した名刺を、ぽいと指ではじいてよこした。その不躾《ぶしつけ》な動作が板についている。

「スバル探偵社、寺岡久夫《てらおかひさお》……。これがきみの本名であることを信じろと言うのかね？」

「べつに信じて下さらなくてもいいですがね。でも、ぼくがスバル探偵社員であることは事実なんだ。これから話すことを聞いてくれれば正真正銘の私立探偵であることはすぐ判りますよ。それでも疑わしければ電話をかけて訊ねて下さい」

そう語りながら寺岡久夫と名乗るこの男は、あたらしいピースをつまんで、薄っぺらな、そのくせ妙になまなましい色をしている赤い唇にはさみ込んだ。

「一カ月ほど前にあなたの奥さんから、つまり花井夫人からですな、お呼び出しがあった。何かと思って指定された場所へ出掛けてみると、旦那さんが浮気をしているらしいから、確固とした証拠をつかんでほしいという依頼なんです。近頃よくあるケースですけどもね」

途端にかくばった花井の顔が紅潮し、頸筋《くびすじ》のあたりまで真赤になった。味な真似をしやがる女房だ。

だが、一分もたたぬうちに血がひいて、テーブルにのせた手の甲までが蒼ざめていった。怒っている場合ではないことに気づいたのだ。花井は婿養子《むこようし》だった。家では和江《かずえ》のほうが威張っている。浮気をしたのも、権柄《けんぺい》ずくでがみがみと叱言《こごと》ばかり言っている妻からの、ほんの息ぬきの逃避のつもりだったのである。だが、その証拠を和江に握られたら、花井は毛をむしられた雞《にわとり》みたいなみじめな恰好で追い出されるに決っていた。

「きみ、その証拠があるのか」

寺岡は返事をするかわりに、鼻の先でふんと笑ったようだった。そして落着きはらった仕種《しぐさ》で、かかえてきた黒い鞄のふたをあけ、小さな、ハガキほどの大きさもない茶色の函《はこ》をとりだした。何やらさっぱり見当がつかないが、それが自分に禍《わざわ》いをもたらすものであることだけは判る。花井の目がとげとげしくなっていた。寺岡はタバコが目にしみるとみえて、しきりにまばたきをしながら慣れた手つきで蓋《ふた》をとった。プラスチック製の可愛いリールが二つ並んでいる。

「何だね、それは」

依然として寺岡は答えなかった。ボタンが押され、するとリールがゆっくりと回転しはじめる。かすかなノイズが聞えてきた。

「録音器だな」

「やっと解ったようですな。ドイツ製ですよ。テープのかわりにワイアを使っているんです。録音器が発明された初期にもワイアが使われたもんだが、あれは捩《ね》じくれて評判がわるかった。でもこれは違います。捩じれないばかりでなく、細くて回転がおそいから、連続五時間の録音ができる」

「ふむ」

「もう一つの特徴はマイクロフォンですがね」

彼は得意そうに左の手をつきだしてみせた。

「腕時計にみせかけたマイクです。他に、万年筆に似せたのもある。いま回っているワイアの音は、折りたたみ式の竿の先につけて床下にさし込んでキャッチしたのですよ」

突然、小さな函のなかから男の声がした。低くて何を言っているのか解らぬながら、その語調に、花井はどこかで聞いた記憶のあるような、ないような、妙な感じをうけた。

前に男が坐っていることを全く忘れて、夢中になってゆるやかな回転をつづけるリールを見つめていた。声はそれきり絶え、相変らぬシューシューというノイズが聞えていた。

「……いや、お願い。それだけは止めて……」

急に聞えた女の声に、思わず立ち上りそうになった。明らかにそれは、花井がもっとも親しくしている女性の、一瞬の声であった。それもつい一週間ほど前に、彼の耳もとで聞かされた声である。

寺岡はにわかに回転をとめ、手をそのままにして上目づかいに支店長の表情をうかがった。細い目が嗤《わら》いかけている。

「驚いたようですな。自分の声はぴんとこないもんだが、他人の声だとすぐ解る。ことにいまのような愛している女性の声だとね」

「きみ……」

「十二月三日夜の八時すぎの録音ですよ。場所は中野の囲町《かこいちょう》だ。もっとはっきり言えば、あなたの妾宅《しょうたく》ですな。二号さんの名前は村瀬絹子《むらせきぬこ》、二十七歳。目黒の小料理屋ではたらいていた人です。この日の朝、あなたは支店長会議があると称して家を出られたはずだ。違いますか」

「きみ！」

声のうわずっているのが自分でも解る。

「ゆ、ゆする気だな？」

「そう興奮しちゃいけませんよ。しずかに、落着いて話をすすめなくては。これは商談ですからね」

花井のひたいにべっとりと滲《にじ》みでた汗を、男は陶器でも鑑賞するような目つきをして、楽しそうに見つめている。

「ゆすりなんて人聞きの悪いことは言わんといて下さい。率直に申しますがね、あなたの浮気の証拠はこの録音だけではないのです。カラーで撮った写真が三十枚あまりあります。色がついていると迫力があってね」

「解った解った。家内には嘘の報告をするかわりに、証拠を買えと言うんだな？」

「そのとおり。さすがは支店長さんだ、もの解りがいいね」

寺岡はそう言うと、細い目をさらにほそめて声をたてて笑った。

「幾らほしい？　早く言え」

「そんな大きな声をしなくても聞えますよ。ぼくは構わないけど、支店長が浮気をしていることが部下に知れたら、なにかと工合がわるいだろうと思ってね」

「いいから早く言え。幾らほしい？」

「そう深刻な顔をしてやいやい言わないで下さいよ。それじゃ支店長さん、このくらいで手を打つことにしたらどうです？」

　卓上のメモを引きよせると、いとも簡単に七桁の数字をしるした。

「三百万！　そ、それは無理だ」

「無理なことはないでしょう。あんたが二つの銀行に預金していることは、金額までちゃんと調べ上げているのですよ。足らない分は、大磯《おおいそ》のお宅の応接間にかざってある絵でも売れば簡単にできるじゃないですか」

「無茶なことを言うな。そんなことをすればたちまち家内に覚《さと》られてしまう。もっと――」

「値切ろうとするんですかい？」

　目から笑いが消え、まがまがしい表情がとって変った。

「花井さん、あなたは入《い》り婿《むこ》ですな。この店の支店長をつとめているのも、将来に重役というイスが待っているのも、和江夫人の父の道蔵《みちぞう》氏が可愛い娘の婿だと思うからこそなのですぜ。あなたと奥さんは冷戦状態だ。離婚の一歩手前です。和江夫人は、勝気の高慢ちきで毛並みのいいことを鼻にかける奥さんだ、そう言っちゃ悪いがあんな女性を女房にするのはぼくでもご免だね。だからあなたが浮気する気持もよく解ってます。だがね、ここでいま浮気の尻尾《しっぽ》をつかまれたらあなたは一体どうなると思っているんですか。大磯のあの結構な邸《やしき》から追いだされるばかりでない、支店長というこの地位まで失うことになるのですぜ。中年のあんたを、支店長までつとめたあんたを雇ってくれる会社はまずないね。あなたの知性と教養と経歴が邪魔をして、身を落とすことはできない。結局あんたは路頭に迷うことになる。そうなれば囲町のおめかけさんも後脚で泥をかけて逃げだすよ。ああした女は現金だからね」

「止めろ！　おい」

「止めろとおっしゃるなら止めますよ。だけどよ、あんたが宿《やど》なしになるか、それともいまのままの結構な身分でいられるかということを、ようく考えてもらいたいね。そうすりゃ、三百万という金額は決して高くはないはずだ」

それはまさしく私立探偵が指摘したとおりだった。和江と離婚すればたちまち身が破滅となるみことを知っているからこそ、囲町でひそかに女をかこい、充《み》たされぬ心をなぐさめているのである。それにしても三百万はあまりに額が大きすぎた。

花井の広いひたいは脂汗《あぶらあせ》でにぶく光っていた。寺岡が口をつぐむと、壁際の暖房器からスチームの洩れる音がにわかに大きく聞えた。昨日用務員に注意しておいたのに、まだ修理屋を呼んでいないのである。その音が花井の気持をますますいらだたせ、用務員室にとび込んで頭ごなしに彼の怠慢《たいまん》をどなりつけたい衝動にかられていた。

「花井さん、あたしも忙しい身です。早く返事をうかがおうじゃないですか」

「……仕方ない、払うよ。ただ、一度には無理だ。三回乃至《ないし》六回に分割して支払いたい。どうかね？」

「六回はだめです。三回にして貰いたいな」

録音器を鞄にしまい込みながら、寺岡は満足そうに声をやわらげた。

2

花井はこの私立探偵にびた一文だって払う気はなかった。大金と引き換えに録音されたワイヤーや撮影ずみのカラーのネガを譲られたところで、寺岡がそれを複写していないという保証はないのである。恐喝からのがれるためには、もっと抜本的な対策が必要だった。

和江の父親が花井の手腕をたかく評価した理由の一つに、彼の決断のよさがあった。なにか問題が生じると徹底的に調査をしたのち、気持のいいほど明快に決定をくだした。そしてひとたび決断したあとは、途中で決して迷うことなく、ひたすら目標にむけて邁進《まいしん》した。だが、今度ばかりは慎重の上にも慎重でなくてはならない。

探偵社から「白」の報告が入ったとみえて、和江の態度がにわかに軟化の様相をみせたのを幸いに、花井は殺人計画に専念した。まず寺岡久夫の身辺捜査に没入して、東京都下の保谷《ほうや》市に住んでいることを知ると現地まで赴《おもむ》いてゆき、寺岡が木槿《むくげ》の生垣にかこまれた一軒家に起居していることや、彼がまだ独身でいること、全くのひとり暮しをしていること等から、電話がないこと、ご用聞きの来ないこと、食事は会社の近所の大衆食堂ですませることまで、遺漏《いろう》のないように調べ上げた。

三十をこえていながら妻帯していないことは多少不自然に思えたが、三日間の尾行の結果、同性愛の傾向のあることが知れた。六本木の、照明を極度にくらくしたゲイバーで酒を吞むことがある。

一週間という約束の期限がきれようとする十二月二十一日の土曜の夜、花井は東京駅前の八重洲《やえす》口にある中華料理店を指定して、八時に寺岡とあうことにした。すでに殺害計画は熟慮に熟慮を重ね、十二分に練られている。彼の自信は、扉をおして入っていくときの悠揚《ゆうよう》せまらぬ足取りにもあらわれていた。

燕京《えんきょう》飯店は、わざわざ香港《ホンコン》からコックを呼ぶことで知られていた。就労期限がきれるとすれ違いにべつのコックが来る。その料理人のうでの相違によって、調理されたものの味がかわることを、通人たちは指摘した。ときたま飛んでもない鈍いコックが来ることがある。料理がまずくなったことに文句をつけられると、常時レジスターの後ろに坐っている坊主頭の主人はにやりと笑って頸をすくめ、「没法子《メイファーズ》!」と答えるのだった。

体の調子で脂っこいものが欲しくなるたびに、花井はよくこの店にきた。自分の味覚神経に信頼をおいていないから、コックが上手だということよりも、東京駅の正面にあるその便利さのために利用するにすぎない。絹子を囲ってからも、彼女をつれて何回となく火鍋子《ホーコーズ》をたべに来ていた。

唐草模様のブロンズ細工をからませた重たい扉をあけると、レジスターの背後の親爺が大きな脂ぎった顔をにやりとさせて、愛想笑いをしてみせた。土曜の夜だからテーブルはほとんどふさがっている。

寺岡は丹塗《にぬ》りの柱を背にこちらを向いて坐っていたが、花井の姿に気づいたとみえて腰をうかすと、手をあげて合図を送って寄越した。唇をわって黄色い歯をみせ、待ちこがれていた親友があらわれたときのように隔《へだ》てのないやり方だった。

花井はちょっと頷いたきり、ボーイを振り向いて指を上げてみせてから、テーブルに急いだ。寺岡の前には烏龍茶がおいてある。まだ料理をくった様子はない。花井はひそかにほっとした。

「どちらも老酒《ラオチユウ》。それに、くらげの酢のものを」

胃に入ったくらげは短時間にとけてあとかたもなくなる。そこが狙いであった。ついで寺岡をみて「早かったな」と言った。約束の八時にはまだ十分もある。

「そう言われると恥ずかしい。貰うものは少しでも早く貰いたいと思ったもんですからね」

「その件だが……」

花井はゆっくりした動作で財布をとりだすと、おもむろに小切手をひろげた。

「なんだい、これは？　約束は現金だったじゃないか」

「そう口を尖らせるなよ。午前中に予期しない客があったものだから、現金をおろす時間がなかったのだ。額面をよく見てくれ、きみの希望どおり百万円にしてある」

ほそい目をむいて、いまいましそうに寺岡は舌打ちをした。テーブルの下にボストンバッグが突っ込まれているのを見ると、この男は、札束でずしりと重たくなったその鞄をかかえて帰ることを空想して、ひそかに楽しんでいたに違いないのだ。

だが花井には一文たりとも渡す気はない。小切手にしたのも、月曜日までは現金化することの出来ない点を狙ったからである。

「困るなあ、約束どおりにしてくれないと」

「くどいな。やむを得ない事情があったと断ったじゃないか」

「不渡りじゃないでしょうな」

天井の灯りにすかして眺めている。

「ばかな。そんなことをすれば協定違反になる。ペスト菌みたいに恐ろしいきみを、ペテンにかけて敵にまわすような馬鹿なまねはしないよ」

「ほう、いいこと言うじゃないですか」

機嫌をなおして寺岡は目で笑いかけてきた。小切手ではあるにしても、大金が転がり込んだとなると、嬉しくないわけがない。

「たしかに支店長さんのおっしゃるとおりだ。歯をむき出していがみ合うよりも、にこにこしながら取り引きをしたほうが気持がいいからね」

「そう。わたしも最初は腹を立てた。いまいましい男だ、と思ってね。だが、よく考えてみれば、きみはわたしの身を破滅から救ってくれたのだ。有難いと思うよ。あのまま家内に報告がいっていたらと考えると、体のしんまで冷たくなってくるね」

花井はさり気ない調子で淡々と語った。演技過剰になるよりは、このほうが効果があると考えたからである。

「どうかね。わたしは九時すぎの電車で帰るのだが、それまでゆっくりつき合わないか」

「ええ」

「用事でもあるなら引き止めないが……」

「いえ、そんなものはありませんがね」

「それなら呑もうじゃないか」

寺岡が酒につよくないことも調べがついている。花井は老酒をすすめながら、とりとめのない雑談をつづけた。花井の話術にのせられた私立探偵はときたま盃を唇にもってゆくきりで、面白がって話を聞いた。猪の肉を喰うと体があたたまるという話題から、一度どこかで猪鍋をつつこうじゃないかなどという話まででた。

八時半をまわった頃、花井はようやく気づいたように箸をおき、袖をまくった。

「喋りすぎたようだな。めしにするか」

「あたしは中華に弱いんですよ」

漢字ばかりが羅列しているメニューに目を投げて、寺岡は困惑した顔つきをみせた。

「中華料理というやつはね、ひととおりの文字を覚えてしまえばいいのだ。炒というのは火でいためたものを意味するし、糸としてあれば繊切《せんぎ》りのことなんだ。ところでね」

顔を上げ、むこうの壁際にいるボーイを目で呼んだ。

「今夜は少しあっさりしたものを喰いたいんだが、シューマイなんかどうかな」

「あたしは何でもいいですよ。委せます。急いで中国語を勉強しても、とても今夜には間に合いませんからね」

「シューマイに飯をくれ、ふたりともだ」

傍《かたわ》らに立ったボーイに命じた。戦争直後にはやったリーゼントスタイルの髪型をして、ポマードをこってりと塗りたくっている。おでこに深いしわが何本かよっており、その間からニキビが吹き出していた。

「九時までに出なくてはならん、間に合うように早くしてくれないか」

いつの間に用意していたのか指にはさんであった千円札を、そっと掌《てのひら》に握らせた。

3

四時に目がさめた。ホテルの慣れぬ寝具のためではない。これから東京にもどって寺岡を殺すことを思うと、やはり気がたかぶって、熟睡できなかったのである。

起きてガスストーヴに点火しておいてから、ベッドに腰をおろしてゆっくりとピースをふかした。

熱海《あたみ》の温泉宿でありながら、山の手にあるこのホテルでは、夜中になると湯をおとしてしまう。起きぬけにひと風呂あびて気をおちつけたいと思っているけれど、バスの扉には、八時にならぬと湯がでないという貼り紙がしてあるのだ。

五時半になるのを待って、錦《にしき》ヶ浦《がうら》で日の出をみるという口実でホテルを出ると、坂をくだって駅にむかった。

5時42分の上り〝第二いこま〟に乗るつもりだった。知った顔に会うとまずいことになるけれど、日曜のことだし、それに湘南電車ではなくて長距離列車なのだから、まずそうした心配はなさそうだ。しかし用心のためにいちばん混んでいる車輛をえらんで乗り込んだ。

6時58分大船《おおふな》着。ここでシューマイ弁当を四箱買って、発車しかけた列車のステップに飛びついた。デッキの片隅にもたれかけると目をつぶり、振動に身をゆだねながら、あらためて犯罪計画を検討して遺漏のないことを確かめた。そうしていると時間のたつのが少しも苦にならない。

東京着はやや遅れて八時を過ぎていた。すぐに地下鉄で池袋に出る。そこから西武電車で保谷へ直行した。タクシーにしたいところだけれども、人相を覚えられる危険を避けて電車にした。

保谷に近づくにつれ、胸が、期待とも不安ともつかぬ感情にゆすぶられて、じっと坐っていることが苦痛になってきた。それは、悪酔いしたときの嘔吐《おうと》感をともなったあの苦しさに似ていた。ふたりづれの大学生が声をひそめてカンニングの方法を語り合っているのに聞き耳を立てたり、雪山の写真をすり込んだ車内ポスターを眺めたりして、むりに気をしずめた。

保谷駅から先の道も、着手する前に幾度か下検分をしたことのある花井にとっては、迷う心配はない。日曜の朝だから平素ほど人通りのないことも、計算に入っている。オーバーの衿《えり》をたてて、うつむき気味に急いだ。

顔を伏せて歩いていると、いつもは目につかない落し物に気がつく。第一に錆《さ》びた古釘が意外に多い。下駄の裏にうちつける前金が十個ちかくおちているのを見ると、下駄屋という商売が決して斜陽化したものでないことが判ったりした。

水道管を掘りかえした穴があって、赤いランターンが踏みつぶされ、酔っ払いが負傷したのだろうか血がしたたり落ちているのが目に入った。花井は嫌なものを見たように顔を上げ、その視線が通行人とばったり合うと、また慌ててうつむいたりした。

小さい時分から血をみるのが嫌いだった。

　むかし、中学生時代の理科の時間で蛙の解剖をやったとき、蒼白になって実験教室の階段からころげおち、クラス中の嗤い者になったことがある。その意味で花井は臆病な殺し屋であった。今日の殺人も、血をみないですむ方法を考えている。

　日曜の朝の寺岡が、ひとり者の気楽さから十一時ちかくまで眠りつづける習慣であることも判っている。玄関に立って四回ほど声をかけると、ようやく目をさました気配がして、眠そうな返事とともに扉があいた。

「何ですか」

　意外な顔つきをしている。寝巻の上にレーヨンか何かのガウンを羽織り、すぼめた肩のあたりが寒そうであった。

「失敬失敬、昨日わたしした小切手は実印が違っていたことに気がついてね。二つの銀行の口座にそれぞれ別の印鑑をとどけているものだから、つい間違ってしまった。再発行しようと思って、飛んで来たんだよ」

「そうですか。まあ上って下さい。しかし、そんないい加減のことをされちゃ困るな」

「だからさ、こうして早朝から大磯の家を出て来たわけだ。そう怒るなよ」

「怒っちゃいませんがね」

「家内のやつが胡散《うさん》くさそうな目をしておったがね。きみのお蔭でわたしを信用するようになったせいか、べつに文句は言わなかった」

素早く内部の様子に視線をはせながら、相手をそれとなく喜ばすように言った。わずかふた間の家ながら、結構小綺麗に住《す》まっているようである。独身男の世帯にしては珍しく、下駄箱の上に早咲きの水仙の鉢が飾られていた。

「まだ朝めしをやっていないのだがね、一緒にやろうと思って買って来た。どうかね？」

六畳にとおされ、あらためて切った小切手を渡してから、鞄のなかの弁当をとりだした。おれに毒を喰わせる気ではあるまいか、そうした警戒心を起こさせぬために、さり気なく振舞う必要がある。もっとも難しい関所だったが、案じるほどのことはなかった。

小切手を簞笥《たんす》にしまい込んでから、寺岡はほそい目をひらいた。

「おや、またシューマイですか」

「好きでね、こいつが」

このシューマイ弁当にどんな意味がかくされているか、私立探偵が気づくはずもないのである。すぐに薬罐《やかん》をガスにのせた。

弁当を喰いながら、こちらのほうが旨い、いや燕京飯店も結構いけるといった他愛ない話がかわされた。満腹だった昨夜はいささかげんなり気味だったシューマイも、一晩たってみると、ひと折りの弁当では足りない。二つずつ買って来てよかったと思った。

支店長の開放的な話しぶりに、寺岡は完全にとは言えぬまでも、ある程度は気をゆるしたことは確かだった。

「昨晩の話を聞いてね、猪が喰いたくなりましたよ。山の温泉にでもでかけて、湯に入ったり猪鍋をつついたりするのも、おつなもんでしょうな」

「たっぷり金は入ったんだし、行ったらいいじゃないか」

皮肉を言うつもりはなかった。はっとして寺岡の顔をみたが、猪料理に夢中になっているせいか聞えなかった様子である。

「そんな温泉が近県にありますかね？」

「いくらもあるさ。神奈川県には鉱泉宿でくわせる処があるし、伊豆の山中にもあるね。こっちは本式の温泉だ」

「沸《わか》し湯よりも湯泉のほうがいいな。伊豆のどの辺です？」

本箱のひきだしから折りたたまれた地図を持ってきて、テーブルの上にひろげた。

「絹子をさそって車でいこうか」

「いやだな、当てられどおしだからね」

「神奈川県の鉱泉宿というのはここだ、厚木《あつぎ》の先になるがね。ちょっと不便だから、運転できるなら車で行くほうがいいと思うな」

花井は時計をみた。十一時半にちかい。弁当を喰ってからやがて二時間になろうとしている。そろそろ決行の時期であった。

「車で行くならやはり伊豆がいい。なんてったって温かいからね」

花井のたくみな誘導にのせられて、寺岡は赤鉛筆を手にしてドライヴコースに線を引いていった。

「運転できるから、貸し車で行きますよ」

真鶴《まなづる》半島をとおるよりも、冬の箱根新道をぬけ、十国《じゆっこく》峠にでたほうが眺望がいい。花井はそんなことを言って、相手の喰い気の夢をかきたてた。

「そうですね。雪さえ降らなきゃ箱根新道もいいな。まだ一ぺんも――」

寺岡の言葉が中絶した。身をよじり、背後から頸にくい込んだ花井の指を必死になってほどこうとする。喉がなって、豚のようなうめき声が洩れたのを聞くと、花井はなお一層ちからをこめ、おおいかぶさるようにして絞めつづけた。二分あまりたった頃、様子をうかがいながらそろそろと指をゆるめていった。

寺岡の鬱血《うっけつ》した顔がぐらりとゆれ、つぎの瞬間に音をたてて地図の上にくずれ伏した。気がついてみると、あれほど嫌悪していた赤い血がひと筋、鼻孔からながれている。花井はにわかに顔をそむけ色を失った。目が、ガラス玉のように硬くなってみえた。

長居は無用だ。彼は手袋をはめたままで、寺岡が箪笥にしまった小切手をとりだし、自分の財布におさめた。ついでシューマイの包装紙の空箱、わり箸など一切のものを拾い上げて、抱えてきた鞄につめた。

ここで食事をしたことが当局に知られてしまっては、万事がおしまいになる。後始末には注意する上にも注意をしなくてはならぬ。口をつけた自分の茶碗を洗い、指紋を充分にふきとってから戸棚の奥ふかくおさめた。タバコは我慢して吸わなかったから、その面で尻尾をつかまれる心配はない。

寺岡の胃のなかのシューマイは食後二時間を経過している。これを表面から見るならば、燕京飯店で九時に食事をし、二時間のちの昨夜の十一時に殺されたことになる。そして熱海のホテルに泊った花井は、完全に嫌疑の圏外に立つことができるのだ。

だから室内の様子も、冬の武蔵野の深夜にふさわしいものとしなくてはならない。いまこの部屋に、南の窓から日光がさし込んでいて、暖房もいらぬほどに暖かいが、夜間はかなり冷えるはずである。花井はそう考えて、テーブルの脚もとに反射型の電気ストーヴをひきよせ、スイッチを入れたままにしておいた。つぎにテーブルの上の電気スタンドを点灯してから、窓のカーテンを隙間のないように注意して引いた。

これでいいだろうか。一歩さがって腕を組んだ。そうだ、タバコ好きの寺岡だから、灰皿がないのは不自然だ。いこいの吸い殻が入ったままの灰皿を、畳の上からテーブルに移した。マッチとタバコも卓上にのせた。

これでいい、上出来だ。いつまでも考えていると思わぬ危険に身をさらすことにもなりかねない。花井はそう考え、思い切りよく玄関で靴をはいた。玄関の扉は閉じればひとりでに旋錠できるようになっている。

だが待てよ、電気ストーヴをつけ放しにしておいては、火事になるおそれがある。寺岡の屍体が焼けてしまうと、せっかく苦心して実践したシューマイの一件が全く役立たなくなってしまうのだ。やはりストーヴは消しておいたほうが安全だ。

部屋にとって返してストーヴのスイッチを切ろうとして、軽い躊躇《ちゅうちょ》をみせた。寺岡が寒い夜中にストーヴなしでいたとすると、それこそ怪しまれるもとになるではないか。ストーヴを使用していたけれども、犯人がそれにつまずいて転倒し、コードがはずれて火が消えた……というふうに見せかければ、どれほど腕利きの刑事だろうが気づくことはあるまい。

花井はてきぱきした動作でソケットをぬき、ストーヴをあおむけに倒した。それからもう一度室内を見まわし、屍体に一瞥《いちべつ》をくれておいて、どこにも手落ちのないことを確認してから、死の家をでた。自分では冷静なつもりでいても、興奮することを免れなかったのだろうか、ほてった頬に冬の風が快かった。

4

十二月二十六日、木曜日の午後三時すぎに寺岡の屍体が発見された。

二十三日の月曜日以来ひきつづいて無断欠勤をしているので、おなじ探偵社の同僚が、少し先のひばりヶ丘団地に住むわかい女性の結婚調査におもむくついでに、保谷の寺岡の家によってみた。ぐるりを木槿の垣根でかこまれ、一年半ほど前にわずかの酒に酔いつぶれた寺岡を送っていったときには、紅白の花が夜目にも美しく咲いていたものだった。その同僚はそうしたことを思いながら門をくぐった。

玄関で声をかけたが応答がない。そこで裏にまわろうとした。霜がとけてぬかった道は、かどを曲って家の陰に入ると、まだ固く凍《い》てたままになっている。

ふと窓をみた。日中だからうっかりすると見逃すところだったが、どうやら内部には電灯がついているらしいのである。尋常でないものを感じた。そこで裏口においてあったリンゴ箱をかかえてきて、それを重ねて上にのると、カーテンの上部のリングのあいだから様子をうかがった。隙間はそこ以外にない。

六畳の和室だった。壁に見おぼえのある灰色の外套《がいとう》がハンガーでつるしてあり、正面のなげしの上に複製のゴッホか何かがかざられている。

彼の目は必然的に光源にひきつけられた。それは右手の壁際にあるテーブル上に点灯されたままの、ありふれた型をした電気スタンドであった。そしてその光は、机に左手をなげだし、上体をのしかかるようにしたまま身じろぎもしないでいる一個の物体を照らしだしていた。

通りかかった豆腐屋のおやじが呼びとめられ、リンゴ箱にのって内部をのぞいた。あわてふためいた四十男は、雪どけ道で脚をとられて転倒すると半身泥まみれになってしまったが、その泥をおとそうともせずに自転車にのると、駅前のタバコ屋へかけつけて一一〇番に急を報じた。

死因は扼殺である。死後ほぼ五日間を経過している。机の上には近県の地図がひろげてあり、赤鉛筆で鉱泉が湧出している土地にしるしがつけられたり、東京から横浜を経て小田原のあたりまで、国道ぞいに線が引いてあったりした。小旅行を思い立って地図を前にプランを練っていたところを、背後から絞められたものと考えられた。屍体の足もとに反射型の電気ストーヴがスイッチを入れたままあお向けに引っくり返って、壁のコンセントからぬけたコードが蛇のようにうねうねと伸びていた。もしこれがソケットをさし込んだままだったとすると、過熱から火事になっていたことが考えられ、検証をした捜査官たちは胆《きも》を冷やした。大火になった場合のことを考えたのはもちろんだが、それよりも、屍体をくるめた一切の証拠が烏有《うゆう》に帰《き》してしまうと、捜査が難航するからでもあった。

死後数日を経ているため正確な兇行時刻は断定できない。寺岡は二十一日の土曜の夜、上司に提出する書類の作成をおえたのち、ひどく上機嫌で探偵社をでている。ゆきつけの大衆食堂で夕食をとっていないことから、ひとりで、もしくは誰かと、他のどこかの店ですませたのち帰宅したものらしいと考えられるのだった。

そうした記事のでている朝刊を、花井は出勤する途上の湘南電車のグリーン車のなかで読んでいた。万事が計画どおりうまくいっていると思う。だがもう一つ、決定的なポイントとなるべき重要な決め手を打っておく必要があった。それによって彼の犯罪は、いよいよ完璧なものとなるからである。

「やあ」

新聞から顔を上げると、目が前の席の紳士と合った。湘南電車のグリーン車は二輌しか連結されていないので、おなじ時刻に通勤するものは朝な夕なに顔をあわせる率が多い。花井にも、目礼をかわしたり気軽に話しかけたりする仲間が、かなりいるのである。

「また物騒な事件が起こりましたな」

「この頃の強盗はいとも簡単に人を殺すから、かないませんな」

「全くね。やはり戦争の影響ですかな。わたしは茅ヶ崎にくる前は保谷にいたんですよ。この事件の起こったあたりはよく知ってます」

白髪の銀行家は老眼鏡をはずしてケースにおさめ、膝にのせていた英字紙をたたんで鞄に入れた。これから東京まで喋りつづける気でいるらしい。

花井は組んでいた脚をゆっくりほどいた。そして心持ち身をかがめると、人生経験の深さを宿しているような相手の茶色の目を覗き込んだ。

「この被害者とわたしはですね、殺される数時間前に、一緒に話をしたのですよ」

「ほう。そいつはまた……」

「ちょっとした用があったもんだから、中華料理をくいました。まさか、数時間後に殺されるとは思いませんでしたな」

「そうですか。人の運命というのは解らぬものですな。わたしにも似たような経験があります。南洋の支店にいたときでしたが……」

ホイッスルを鳴らして下りの貨物列車が近づいて来た。無蓋車と有蓋車と液化ガス用の特殊タンク車から編成されたその列車は、すれ違ってしまうまでに二分ちかい時間を要した。列車の騒音が消えてしまうと、花井は話の先をうながすように相手の顔をみた。だが銀行家はいままで話しかけていたことをすっかり忘れてしまったとみえて、全くべつのことを言い出した。

「それはあなた、捜査本部に知らせるべきじゃないですか」

「は？」

「新聞によれば、探偵社をでたあとの被害者の行動が皆目わかっていないという話ですからね」

「それはそうですが」

それが彼の犯罪を完璧なものとする最後の一環であるくせに、花井は気がすすまぬような口調をしてみせた。

「警察と歯医者は、どうもこちらから進んでいく気にはなれませんな」

「ですが、それが都民の義務というものではないですか。待てよ、われわれは神奈川県民であって都民ではないわけだ」

銀行家は口をあけて笑った。ぞっくりと揃った総入れ歯がみごとだった。

5

その日の午後、本部に電話で情報を提供したいという連絡が入った。声の主は人形町にある某信用金庫の支店長で、事件のあった晩に被害者とふたりで酒をのんだという申し出である。

「花井支店長？　聞いたことのある名だな」

「当然ですよ。殺された私立探偵が洗っていた相手の人物じゃないですか」

「あ、そうか」

被害者寺岡久夫の身辺については、かなり突っ込んだ調べがなされている。彼がその前の探偵社にいた時代に恐喝をはたらき、そのために馘首されたという前歴までつかんでいるのである。

一度恐喝で味をしめた犯罪者は、ほとんどが、二度三度とおなじ犯罪をくり返すのが常であった。その寺岡が花井支店長と会食したとなると、話の内容が、花井夫人に沈黙をまもることとの代償として金を要求するための交渉であったことは、容易に想像がつく。本部は居合わせた丹那《たんな》という腕ききの刑事を派遣して、くわしい話を聴取させた。

花井紋治郎《もんじろう》は角ばった顔をした、四十にちかい筋肉質の中背の男だった。ゴルフにでも凝っているのだろうか顔や手がいい色に焦げている。眉が武者絵の人物のように勇ましく跳ね、その眉に不似合いのやさしい目をしていた。そして、もの言うときにちらとのぞく歯がしろい。

丹那は支店長室にとおされた。丹那の坐ったそのイスに、かつて被害者の寺岡も腰をおろしたことを、刑事が知るはずもないのである。

「先週の土曜の夜でしたがね、東京駅の八重洲口にある中華料理屋で一緒にめしを喰って、一時間ほどで別れたのです。ただそれだけのことですけどね」

被害者の胃から食後二時間を経過したシューマイと米飯が発見されている。刑事は中華料理という一語に大きな興味をいだいた。

「喰べたものは？」

「くらげの酢の物とシューマイライスです」

くらげはすぐに溶けてしまうから無視するとして、シューマイを喰った時刻がわかれば、それから兇行時刻をわり出すことができる。刑事はそう考え、さらに熱のこもった口調になった。

「食事がすんだのは？」

「九時に少し前です」

「たしかですか」

「ええ。九時七分の湘南電車に乗りたいと思っていたものだから、時刻を気にしてました」

時刻を確認するためにその料理店をおとずれる必要がある。丹那は給仕したボーイの特徴をくわしく手帳に書きとめた。

九時前に食事がすんだのが事実だとすれば、寺岡が殺された時刻はほぼ十一時ということになる。その頃、花井支店長はどこで何をしていたのか。料理店をでると保谷の寺岡の家まで同行して、首を絞めたのではあるまいか。しかし刑事は、すぐにはその問題に触れなかった。

「どこで別れられましたか」

「改札口のところです」

「被害者に変った様子はなかったですか。例えば命を狙われているとでもいったような」

刑事は型にはまった質問をつぎつぎに並べた。丹那のあまりぱっとしない地味な容貌は、表情の少ない訥々《とつとつ》とした語りかけと相俟《あいま》って、相手の警戒心を解く上でしばしば役にたった。花井もその例外ではなく、セールスマンにでも対するような気易さで率直な応答をした。

「突っ込んだ質問になりますが、あなたと被害者の関係についてうかがいたいですな。寺岡が奥さんの依頼をうけて動いていたということはすでに解っていますから、大体の見当はついておりますがね」

丹那の質問も無表情だったが花井の表情にも変化はなかった。ただ、ピースをとろうとして伸ばしかけた手がそのまま止った。

「寺岡というのはたちの悪い男ですな。以前にも恐喝をやったことがあります。恐らくあなたも恐喝されていたのではないですか」

眉がかすかに動いた。否定するのかと思っていると、そうではなかった。

「そこまで調べがついているのでしたら正直なところを申しますがね、一緒にめしを喰っていながらも腹のなかでは、この男をぶち殺してさばさばしたいものだと、そんなことを空想していました。実際にやったのはわたしではありませんけどもね」

「それは判ってます。しかし一応ですね、東京駅で別れてからのあなたの行動をお訊きしたいものですな」

花井は思い出したようにピースをつまんだ。握力のつよそうな太い指だ。

「先程も申したように改札口のところで別れました。寺岡は地下鉄で池袋までいくのだと言ってました。家が保谷にあるとかで。わたしはわたしで湘南電車に乗るつもりでした。ところが口当りのいい老酒を過したとみえて、自分ではしっかりしているつもりだったが酔っていたらしいのですな。8番線のフォームに上るつもりで、ふらふらと12番線の階段を上ってしまったのですよ」

「ふむ」

「ご説明しないと解らないでしょうが、現在8番線からでている湘南電車は、つい二年ほど前までは12番線から発車していたのですな。酔っていたもんだから昔の記憶が表面にでてきたとみえて、ふらふらと以前の階段を上っていった。するとそこに入っていたのが大阪行の〝第二いこま〟なんですよ。湘南電車とおなじ型、おなじ色にぬられた電車がちゃんとフォームに停っている。湘南電車のつもりで乗り込んだわけです」

「大磯には停車しませんな、たしか」

「そうです。急行ですから、わたしとしては横浜か大船でおりて、後からくる湘南電車に乗りかえなくてはならない。ところが、ぱっと目を覚ましたのが小田原をでた直後らしいのです。しまった、と思いました。だがもう幾らじたばたしても仕様がない。観念して、つぎの停車駅の熱海でおりて、バックするつもりだったのですが、これまた運のわるいことに、上りの終電車は一時間も前にでてしまっているんですな。そうかといってハイヤーを飛ばすのも寒いし、よんどころなく近くのホテルに一泊したというわけですよ」

その陳述が事実だとすると、寺岡が殺された午後の十一時頃に、花井は下り〝第二いこま〟の車中にいたことになり、この犯行には完璧なアリバイがあるわけだ。当然なことながら、丹那刑事は彼の主張する当夜の行動を慎重にチェックする必要を感じた。

時刻表を借りてしらべてみると、花井が乗る気でいたのは21時7分発の各駅停車沼津行の湘南電車であり、〝第二いこま〟のほうは21時20分に発車するのである。酔っていれば電車を間違えることもあり得るだろうし、発車時刻に十数分間の差があることに気づかなくても、異とするに足りない。

また、〝第二いこま〟の熱海到着は23時25分であるが、上りの伊東始発大船行の終電車が熱海をでるのは22時25分となっているから、一時間の差で上りに乗れなかったという花井の主張はここでも事実であることが判るのだった。問題は、犯行時刻の午後十一時に、彼が果して〝第二いこま〟に乗っていたか否かということになる。

「それは簡単にわかることだと思いますね。第一にホテルの番頭が覚えてくれているでしょう。つぎに駅のフォーム助役が記憶しているんじゃないでしょうか。気軽に泊れる旅館をおしえて欲しいと頼んで、あのホテルを斡旋《あっせん》してもらったのですから。ほかに上りの終電車のことを訊ねた改札員。それから、胸がやけて堪《たま》らなかったもんだから胃散を買ってくれるように頼んだホテルの女中さんも、ひょっとすると覚えていてくれますな」

一つ一つ頷きながら丹那はメモをとった。この四人の男女のうちの誰かから裏づけをとることに成功すれば、花井が〝第二いこま〟で熱海に下車したことは事実となる。そして一方、燕京飯店の従業員が寺岡の食事の時刻が九時であったことを証言したなら、支店長のアリバイは確立し、彼の容疑は否定されるのである。

支店長の写真を借用した。写真の花井は大きなテーブルを前にして両手をのせ、唇をかすかに割ってしろい歯をのぞかせていた。

6

「本命は花井だと思うがな。何もかもそろっている」

夜毎にひらかれる捜査会議の席上では、きまってそうした未練がましい、愚痴ともとれるような発言がきかれた。寺岡の身辺があらわれていくにつれ、前の職場でしくじったことが身にしみていたものか、スバル探偵社ではまじめな勤務ぶりをしていたことが知れた。たまたま花井夫人から夫の行動を調査するようたのまれたときに、なにかの拍子で、むかし吸ったことのある旨い汁の記憶がよみがえって来て、再度恐喝をやったものと考えられた。

さし当って花井以外に動機をもつものがない。だがその花井には、間違いなく熱海に一泊したアリバイがあった。ホテルの女中は、とどけてやった胃散を彼がのもうとして、誤って気管に入れてむせたことまで覚えていた。そして一方あの中華料理店のリーゼントスタイルのボーイや主人も、シューマイライスをたべて店を出たのが九時だということを証言しているのである。

十日もたつと、本部内の空気にいらいらしたものが感じられるようになる。記者会見にでるときの部長の顔が仏頂面《ぶっちょうづら》になり、会見の時間がみじかくなり、応答がぶっきら棒になる。退屈してメモに漫画を書く記者もあれば、こまごまとした数字をならべ、マージャンの上がりを計算している記者もあった。

明日で二週間目になるという夜であった。丹那は、会見室からでてくる記者の群れのなかに、草間《くさま》の姿のないことに気づいた。

「どうしたんだい、草間君は」

「知らなかったんですか。半月ばかり前から入院してるんですよ。そうだ、このあいだ見舞いにいったら、丹那さんによろしくと言っていたな」

「そうかい。とうとうやられたのだね？」

胃のあたりを押えてみせた。草間は小柄な体に似ず一升酒をのむ。丹那も嫌いではないほうだが、とても最後までついていくことが出来なくなって、いつも途中で逃げだしていた。入院したとすると、これは胃潰瘍《いかいよう》に決っている。

「そうじゃないんだ。脚の骨折ですよ」

「焼酎だろう。あれは脚をとられるからな」

「それがね、シラフのときに折ったもんだから、みなで大笑いをしたんですよ」

病院の名を告げると、「それじゃ」と言い残してそそくさととび出していった。

それから二日後に、丹那は暇をみて草間を病室に尋ねた。草間はベッドに起き上ってイヤホーンでラジオを聴いていた。人一倍こまめに動く男だったから、脚に副《そえ》木《ぎ》をしてじっと坐っている姿をみると、余計に痛々しく思えた。

「やあ」

「シラフで落ちたんだってね」

草間は長い顎《あご》をねまきの衿にうずめるようにして、照れ臭そうに苦笑した。

「それを言われると辛くてね。わたしの家も保谷なんですよ、寺岡の家のすぐ近くなんだ。それなのにさ、こっちはこんなざまで身動きもできないんだから、口惜しいね」

「どこに落ちた？」

「わが家のそばの水道工事の穴なんです。仔犬がくんくん鳴いているもんだから、そいつを踏むまいとして横によったら、真逆様《まつさかさま》におちたというわけで」

「昼間じゃなかったのかい？」

すると草間は疵《きず》ついた脚をそっと押えながら、腹をかかえて笑った。

「いやだな。夜の十時半の話ですよ。今夜はシラフでご帰館だから、一つ女房にほめて貰おうと思って、いそいそと歩いていたんですがね」

「だって赤い電灯がつけてあったろう？」

「消えていたんですよ。だから穴があることに気づかなかったんです。退院したら電力会社にかけ合って、たんまり慰謝料をふんだくってやろうと思っているんです。それが楽しみなんだな」

いつもの陽気な口調になっている。

「電力会社はお門《かど》違いだろう。切れるような電球を用意した水道屋がわるいわけじゃないか」

「いや、電球が切れていたんじゃないですよ。トランスの故障であの一帯の何十軒が翌朝まで停電していたんです。だから責任は配電会社が負うべきなんです、当然」

「どうだね、タバコのまないかね」

イスをベッドのほうに引きよせて、いこいの袋をさしだした。

「すみません。ちょうど切らしたもんで」

ふたりの口から、いっせいに灰色の煙が吐きだされた。汗ばむほどに暖房がきいている。

「ふうん、そりゃ災難だったな。いつのことかね？」

「もう十六日になりますよ。医者の話じゃ一カ月は動けないというんだから、いやになる」

「まあ、お互いに忙しい身なんだからね、こんなときでもなくちゃ休養――」

言いかけて丹那は口をつぐんだ。十六日前というと、それは寺岡が殺されたのとおなじ夜ではないか。しかもあの辺り一帯は停電していて、それは十時半から翌朝までつづいていたというのである。

「どうしたんです」

社会部記者をつとめているだけに、草間は表情をよむことが早い。

「妙なことに気がついた」

「妙なこと？……」

「現場には、電気ストーヴのほかには暖房器具はなにもなかったんだ」

「……………」

「武蔵野の冬はたまらん。まして夜ふけともなると火の気がなくてはすごせない筈だ」

「それは説明されなくたって知ってますよ。手前が住んでいるんだから」

「だからさ、訝しいんだ」

「何が」

「寺岡の家も停電していたんだろ？」

「当然で――」

言いかけ、みじかく叫んだ。

「なるほど、たしかに訝しいね。停電していちゃ電気ストーヴは役にたたないわけだからね」

ふと思いついたように、長い顎をつきだした。

「懐炉でも入れるとかしてさ、厚着していたんじゃない?」

丹那ははげしく首をふった。

「仮りにきみの言うとおりだとしても、まだ解《げ》せないことはあるんだ。停電ならば、電気スタンドの灯りも消えていたはずだ。すると被害者は、真暗闇のなかで地図をながめていたことになるじゃないか」

「あっ」

記者はひと声叫んだきり、息をつめていた。ことの重大さが解ったとみえ、みるみる頬が紅潮していった。

鴉

1

半年ばかり前から、R町の上空を二羽の鴉が飛ぶようになった。二羽は仲がよく、つねに連れだっていた。飛びながら一羽が啼《な》くと、すぐにあとの一羽が喉《のど》の破れたような声でそれに応じた。

宅地開発のすすんだR町では、鳥の姿をみかけることが少なくなっていた。だから二羽の鴉は、否応《いやおう》なしに人々の関心をひいた。

夫婦だろう、というひとがいた。愛人同士だと断定するひともいた。いや、あれはどちらも雄《おす》であるに違いない。純粋な愛情は男のあいだにこそ湧《わ》くものだ。そう主張する物知りもあった。

人々の噂をよそに、鴉はよく飛び、よく啼いた。雨の日はぬれた羽根がおもたそうに見えた。

2

高田新吉《たかだしんきち》はしきりに尿意をもよおしていた。横浜駅前のビヤホールで一杯やったのが、覿面《てきめん》に効《き》いてきたのである。

新吉はあまり酒につよいほうではない。勤めの帰りに酒を呑むことは、絶えてなかった。そういう自分の体質を、一生をいまの職業にささげるものとして、むしろふさわしいことだと考えていた。しかし、今夜はべつだ。祝盃をあげずにはいられなかったのだ。

ほろ酔い機嫌の新吉は、一刻もはやく帰宅して、妻にこの吉報をつたえてやりたいと思っていた。どちらかというと妻の里子《さとこ》は、感情をセーヴするたちの女である。だがこの知らせを聞かされたら、声をあげて喜ぶにちがいないのだ。いや、涙ぐんで声をつまらせるかもしれない。

電車の速度がいつになく遅い気がする。新吉は幾度となく時計をみ、顔をあげて窓の外の夜景をながめた。

東京駅のフォームにつくと、すぐに地下道のトイレに入った。手洗いは、いまの電車から降りた客で、ひととき混雑していた。新吉はいちばん奥の列にならび、自分の番のくるのを辛抱《しんぼう》づよく待った。

用をたしながらふと見ると、スツールの白い陶器の上に、さりげない様子で小さな紙片がおいてある。紙きれは十枚ほどもあるだろうか、そのどれにも同じような短い文句が印刷されていた。新吉の細い目が一層ほそくなった。

美女とともに
夜のアバンチュールを
お楽しみ下さい。
スフィンクス・クラブ
電話　××××番

秘密クラブの誘いである。こうした種類のカードは初めてではない。いままでにも、幾度か見かけたことがあった。そしてそのたびに黙殺していたのである。

だが、今夜はいつもと違っていた。用をすませて身がかるくなると同時に、心もかるくなって、ひとつそのスフィンクス・クラブとやらをからかってやろうではないか、という気になった。電話をかけ、秘密クラブがどんな応対をするものなのか、そいつを聞いてやろう。

そこには、新吉のまったくうかがうことの知れない世界があるはずである。その一端でもいいから垣間《かいま》みてみたい。そう思うと、もう矢も楯《たて》もたまらなくなって、すばやく左右に目をなげ、誰もみていないのを幸いに、カードをつかんで手のなかにかくした。

手洗い所をでた新吉は、乗降客のむれの間をぬうようにして、構内の赤電話のほうへ歩いていった。足がもつれ気味で、二、三度ひとにぶつかった。しかし気分はいつになく爽快《そうかい》であり、小さな冒険に心がはずんでいた。

ダイアルを廻すとすぐ女がでた。わかい、張りのある声だった。

「おからかいの電話ならば、おことわりしますわ」

最初から、すげなくことわられた。新吉はむっとした。

「そうじゃない、まじめだよ」

「酔っていらっしゃるわ。声で判ります」

「ばかな。本気だといったら、本気だ」

つよい口調になると、女は納得したようだった。声の調子があらたまった。

「それでは、八重洲《やえす》口をでて電車通りを横断して下さい。ホールワンというパチンコ屋さんの前に、電話ボックスがあります。そこから掛けなおして頂きますわ」

「めんどうだな」

「いたずら電話が多いからです。本当のお客さまであることを確かめなくてはなりません」

「そうか」

受話器をかけながら、胸中面白くない気持だった。頭から、いたずら電話だろうと図星をさされたことが、なんとも不愉快でならない。畜生、いたずらでないところをみせてやろう。新吉は反射的にそう考えていた。生まれつき、むきになる性格である。

指示されたとおり、改札口をぬけて道路を横断し、指定された電話をもとめた。パチンコ屋は派手なネオンの看板をかかげているので、その前に立っているボックスもすぐ目についた。なかに若い女が入っていて、通話中だった。恋人と語っているのだろうか、白い歯をみせ、笑いつづけている。

三分間ちかく待たされたのち、新吉はボックスに入り、慎重に扉をしめた。

「五分ばかり前にかけたんだが……」

「はい、お声で判ります。おそれ入りますが、もう一度おたずね――」

「まだあるのか」

「はい、ご承知のように秘密組織ですから、警戒をしなくてはなりません。いまいらっしゃる場所は、パチンコ屋さんの前でございますね？」

「ああ」

「右をむいて下さいませ。何が御覧になれます？」

「東京駅とデパートだ」

「その角のななめ上に、毛糸の広告塔がございますね？」

「ある」

「そのネオンが一か所こわれているはずですけど、消えている文字は何でしょうか」

窓をすかして、あざやかな灯りのかがやきを見た。

「……毛糸の毛の字だ」

女の声が満足するようにうなずいた。さらにふた言み言の問答があったあと、好みの女性のタイプや性格や年齢など、しつこいほどの質問があって、ようやく放免されることになった。

「結構でございます。外にお出になって下さいまし」

「きみ――」

住所も告げずに電話がきれた。一瞬新吉はテストに落ちたためと解釈し、苦笑しながら受話器をもどした。あれほどそつない応答をしたつもりだが、その任にあたるものからみれば、いたずらだということは見抜かれてしまうのだ。

ふと、受話器がぬれて光っていることに気づいて、苦笑は一層濃くきざまれた。やり手婆アを相手に、手に汗をにぎっていたとはわれながら笑止《しょうし》であった。

ボックスから出ると、いきなり待っていた男に肩をたたかれて、はっとした。

「わたしがご案内します。鞄をどうぞ」

あっという間もなしに、ひったくられてしまった。男はたけが低く、そのくせ両肩がいかつく張っていて、いかにも腕力がありそうだった。歩くときに気がついたのだが、ひどいガニ股をしている。柔道の有段者かもしれない。黙々として歩く身辺から、不気味な殺気に似たものが発散していた。

やせて非力な新吉には、鞄を奪い返して逃げることは無理だった。肩をおとし、観念して後につづいた。

新橋にちかい、小さなホテルに連れこまれた。背後が高速道路になっており、ひつきりなしに車の音がきこえてきた。小さな、形ばかりのカウンターに蝶ネクタイのやせた男が坐っている。商売気があるのかないのか、終始うつむいて雑誌かなにかを読んでいて、顔を上げようともしなかった。

男は、思ったよりもおとなしく、取り引きがすむと新吉の先に立って階段を上った。二階の廊下の赤い絨毯《じゅうたん》を踏み、いちばんはずれの扉の前に立つと、そっとノックした。

廊下はしんとしていた。扉という扉が聞き耳をたてているようで、新吉は身の置きどころがなくて小さくなっていた。

扉があいた。すると男は半身をなかに入れてなにか囁《ささや》きながら、折半《せっぱん》した紙幣をわたしているようだった。間もなく男は新吉をふり返った。

「どうぞ。いいひとですよ、可愛がってやって下さい」

新吉は咄嗟の返事に窮して、ああとうめくような声をだした。

男がいってしまうと、扉のかげから若い女が白い顔をのぞかせた。互いの目があったとたん、新吉と女ははじかれたように身をそらせた。

「高田さん……」

あえぐように女がいった。新吉の黒い顔が硬直した。

3

「いまどきの娘さんにしては出来すぎているじゃないの」

福永春江《ふくながはるえ》のことが話題にのぼるたびに、妻の里子はそういってほめる。いまは移転して隣の区にいってしまったけれど、つい半年ばかり前まで向かいの部屋に住んでいたから、なにかにつけて話題となることが多いのだ。

春江は日本橋の商事会社にタイピストとして勤めている。帰りはいつも遅かった。外国語学校によって、フランス語をまなんでくる。

「シャンソン歌手になるのが望みなんですって」

「さあ、そいつはどうかな。才能あるのかい?」

新吉はほそい目をまたたかせ、懐疑的に答えた。はからずもあの夜、フランス語の勉強もタイピストというのも嘘《うそ》であって、昼夜スフィンクス・クラブで働いていることを知ってしまったのである。それを承知していながら、ぬけぬけと妻の言葉に調子をあわせることはできなかった。

「あら、冷たいことおっしゃるのね」

「そういうわけでもないけどね、シャンソンってものは難しいんじゃないのかい？」

新吉は、西洋音楽にはまるきり音痴といってもいい。新吉が国歌を斉唱すると、周囲のものが堪《こら》えきれなくなって失笑するくらいだった。本人の趣味はいささか調子のはずれた謡曲をうなることと、錦心流《きんしん》の琵琶《びわ》を聞くことなのである。その新吉に、シャンソンが解るはずもなかった。

「だが、いい子だよ。おとなしいし、すれてもいないからな」

正体を知られた春江が、ベッドの上に顔を伏せ、身をよじって泣いたときのことを、あれから一週間あまりたったいままでも、なにかにつけて思い出すようになっていた。いい子だというのも、すれていないというのも、実感だった。

「あら、よくご存知なのね」

里子の言葉にどきりとして、テレビからふり向いた。だが、肥《ふと》り気味のこの細君は、あてこすりをいうには余りにも円満な性格でありすぎた。里子が夫の鞄にせっせと弁当や朝刊をつめているのをみて、新吉はそっと胸をなでおろすと、また性《しょう》懲《こ》りもなくあの夜のアバンチュールを噛みしめるように味わっていた。

改札口をぬけ、私鉄のフォームに上ると、赤いハーフコートが近づいてきて、声をかけた。

「お早うございます」

「や、きみか。早いんだね、いやに」

「やですわ、皮肉ばっかり」

睨《にら》むしぐさが艶であった。オフィスガールをよそおっている春江は近所の手前、毎朝のようにラッシュアワーの頃にアパートをでる。そしてホテルへ直行して、正午ちかくまで眠るのだった。

それにしても、今朝は早すぎる。新吉の勤務先は神奈川県の小さな町にあるのだから、止むを得ず早く家をでるのだけれど、春江にはこんなに早出をする必要はないはずだ。

「今朝はお友達をたずねるんです。貸しておいたご本を返してもらうの」

気がつくと、いまの春江はみどりのアイシャドウを塗っていない。ただそれだけのことで、誰がみてもオフィスガールだった。

電車は混んでいた。ふたりは並んでつり革に手をかけていた。

地味な職場にいる新吉は、わかい女性と話をすることすら滅多にない。まして、明るくすんだ眸《ひとみ》の、化粧の派手な女性としたし気に語るのは、はじめての経験だった。ときどき、坐っている乗客が目を上げて、うらやましそうに新吉をみる。四十をとうに過ぎた新吉だったけれど、周囲の乗客から嫉妬と羨望《せんぼう》のまなこで見られることは、たまらなく愉快だった。われながら喋りすぎると思うくらいに、話がはずむ。

「ねえ高田さん」

声が一段と甘くなった。

「あなた、今度の異動で教頭さんになるんですってね？」

新吉は眉を上げて、まじまじと春江をみた。教頭に内定しているというのは事実である。あの夜ビールで祝盃をあげたのも、内輪の発表があったからだった。しかしそれはあくまで内定であり、県下の新聞にもまだでていない。

そのニュースを、春江はいったいどこから得たのだろうか。

「家内から聞いたのか」

声を小さくして訊いた。

「違いますわよ。自分でしらべたの。一週間あれば、そんなこと簡単よ」

口調が急にぞんざいになった。しかし新吉は気づいていない。驚愕《きようがく》の度が大きすぎた。

「なぜ、そんなことをした？」

「だって、チャンスですもの。当然だわ」

「チャンス？」

それには答えようとしないで、バッグに手を入れると、白い紐《ひも》をひっぱりだした。いや、紐だと思ったのは誤りで、ほそいビニールのコードだった。先に、透明なプラスチックの小さなイヤホーンがついている。

否応《いやおう》なしに、それを耳にはさまされた。春江がふたたびバッグに手を入れると、かすかなカチリという音がして、ひからびた声がイヤホーンから伝わってきた。

「……お願い、黙っていて下さい。こんなお仕事していることがばれたら、あたし死んでしまいます」

「ばかな！　ばかなことをいうもんじゃない。安心しなさい、誰にも喋りゃしないから」

「ほんと？」

「ほんとうさ、ほんとうだとも」

「嬉《うれ》しい。あたし――」

ぷつんと言葉がとぎれた。春江はバッグから手をだして、横目づかいに新吉をみた。

「ねえ、どう？」

「…………」

新吉は息を呑んでいた。いま聞かされたテープの声は、まぎれもなくあの晩に、自分と春江との間にかわされたものだったからだ。

「ねえ、なんとかおっしゃいよ」

「……こ、これは！」

「あたしたち、しょっちゅう録音してるのよ。いい値で買ってくれる人があるの」

「…………」

「だけど、このテープは売らない。大切にとっておくの。だって、お金がなる樹だもの」

「…………」

「ねえ、これをPTAのひとたちに聞かせたら、どうなるかしら。神奈川県の教育委員会は頑固《がんこ》頭《あたま》がそろっているというじゃない？　こないだも、千葉へ出張した校長さんが宿屋の女中をからかったら、それだけのことでクビになったっていう話があったわね」

新吉は喉をならして唾をのみ込んだ。ベッドの上でしおらしく泣き伏したのは、お芝居にすぎなかったことを知った。とんでもない女に見込まれたと思うと、一枚の紙片にさそわれてダイアルを廻した自分のあさはかな行為が、悔やまれてならない。

春江の要求するものが何であるかは、いわれるまでもなく解っていた。問題はその金額だ。

「……幾らだ？」

声を殺してたずねた。目は窓のガラスにあずけたままだった。

「二万でいいわ。学校の先生って貧乏なんだから。それに、長くつづけてもらうには安いほうがいいのよ」

新吉は一瞬気がとおくなった。

4

月に二万というのは、新吉の手にある額だった。哀訴も嘆願もむだであることを知ると、金をつくるためにせっせと努力をした。

最初の二万円は手持ちの債券を売ってこしらえた。二度目の払いは、八ミリのカメラを質に入れて、質屋の親爺《おやじ》をおがみたおしてようやく用意した。

だが、二回目の金をわたして、いまいましいうちにもほっとするいとまもなく、つぎの金のことを考えなくてはならなかった。新吉には、そのあてがないのである。

いままでの債券やカメラにしても、そうそう細君の目を誤魔化《ごまか》しとおせるものではない、気づかれて詰問《きつもん》されれば、納得のいくような釈明をすることは困難であった。

団子をつくり、近くの丘からとってきたススキを瓶《びん》にさして、里子は月見の用意をしていた。しずかな、充ちたりた幸福がそこにある。そして女房は、その倖《しあわ》せが瞬時にして崩れようとしていることを知らない。新吉はそれが哀れだった。いそいそと栗や柿を盆にもっている里子の姿をみると、不覚にも涙がにじんできた。

新吉が、春江の息の根をとめることによって災《わざわ》いをたち切ろうと決心したのは、正にそのときであった。だが冷静に自分をみつめてみるならば、その気持は決していま忽然《こつぜん》と湧き起こったものではなく、電車のなかでゆすりの文句を切りだされたその瞬間から、心の片隅に芽生えていたことに気づくはずであった。

殺すのはいいとして、罪をきせられるのは困る。家庭生活のいまの幸福を維持していくための犯行なのだから、犯人として自分が逮捕されるようなことになってしまっては、春江を殺す意味がなかった。では、殺人をおかして、しかもなお罪から逃れるにはどうしたらよいのか。

新吉は学校へかよう往復の時間を、その思考にふり向けることにした。けれども、高等学校の数学教師が、それも教師を聖職なりと信じ、ひたすらそれに忠実であった新吉のような男に、そうした手段なり方法なりを思いつけるわけもなかった。しまいには頭がいたくなり、通勤することそれ自体が苦痛に思われてきた。宿題をだされて悩む生徒の苦しみを、ひょんなところで理解したりした。そうするうちにも、第三回目の支払いの日は、容赦なく迫ってくるのだった。

さんざん苦しんだ揚句《あげく》に、ようやく思いついたのは、きわめて平凡なものながら、テープレコーダーを使ってアリバイをこしらえることだった。レコーダーを利用して脅迫されたからには、おなじくレコーダーを用いて復讐《ふくしゅう》をしてやろう。歯には歯を、だ。

一旦《いったん》そうときめると、新吉はわき目もふらずにその計画の実行に没頭した。ぐずぐずしている場合ではない。

まず、学校の放送室をかりた。そして放課後のだれもいないときを狙って、テープをまわし、マイクに向かって「鉢《はち》の木《き》」を謡《うた》った。テープのリールをゆっくり回転させると、正味一時間の録音ができる。それだけあれば充分すぎるほどだった。新吉は、ときには途中でやりなおしたり、咳《せき》ばらいをしたりしながら、いつもアパートの自分の部屋で稽古《けいこ》をするときの要領でやった。

実行の日を日曜の夜ときめたのは、里子が熱海へ一泊旅行にでかけ、留守になるからだった。海がのぞめるその宿で、高女時代の仲間とクラス会をひらくのである。

金をとどける夜は、春江も仕事をやすんで部屋にいた。その夜だけはつくろい物などして、女らしい落ち着いた風情《ふぜい》をみせる。電気ヒーターの上に網をのせ、四角い切り餅《もち》をやいて安倍川《あべかわ》をふるまってくれたこともあった。三回目の金を今夜とどけることは、すでに昨日のうちに伝えておいた。

たそがれるのを待って、机の上に、川崎の店から賃借りしてきたレコーダーをのせ、リールをはめた。先ほどから、イヤホーンを耳にあてて何回となくテストをくり返している。新吉の謡曲は、自分でもおどろくほどの迫真の出来だった。失敗をおそれなくてはならぬ理由は、どこにもなかった。

両隣にきこえるように窓をあけると、下の部屋からサンマを焼くにおいが煙とともに昇ってきた。主婦が夕食の仕度にかかる時刻をえらんだのも、新吉の作戦の一つだった。どの部屋の細君も台所でてんてこ舞いをしている。外出しても、姿をみられる危険がないのである。

スイッチを入れ、テープが回転しだしたのを一瞥《いちべつ》しておいて、部屋をあとにした。隣の区の春江のアパートまでは、往復あるいて三十分の距離であった。

油断をみすまして女を殺すのに、まず十分間とみればこと足りるであろう。その間中、新吉の部屋ではテープが回って、いささか調子がはずれていると称される独特の声が、朗々と「鉢の木」を謡っているのだ。

万が一あとで刑事に疑われたとしても、その時間にずっと自室にいたことを主張すれば、尻尾《しっぽ》をまいてひきさがる他はないはずだ。謡の声は、両隣の人もたっぷりと聞かされているのだから、彼らが強力な証人となってくれる。問題は、唯一の証拠となるテープの「鉢の木」を、用がすみしだい消去してしまうことだった。それさえ忘れなければ心配することはない。新吉は自信をもって、裏口から外にでた。

春江のアパートは独身用だった。それまでいた部屋は二間つづきで、なにかと不経済だからといって越していったのである。

二階の春江の部屋の扉をそっと叩きながら、新橋の安ホテルにつれていったポン引きのことを、ふっと思い出した。あたりをはばかった自分の叩きっ振りが、どこか似ているような気がしたからだ。

扉があき、春江の白い顔がのぞいた。これもあの晩のことによく似ていた。

「お入んなさいよ」

身を引いて新吉をすべり込ませた。部屋中にこうばしい臭いが充満している。みると電気ヒーターがひき出されていて、たたみの上に栗がころがっていた。

「焼いていたの。あんたにもご馳走《ちそう》するわ」

「そうか、悪いな。焼き栗は好物なんだ。田舎ですごした子供の頃を思いだすね」

新吉は押し殺した声で答えた。しかし、手はださなかった。遠慮したのではなく、自分がここにきた痕跡は一切のこすまいとしたからであった。勿論《もちろん》、タバコの吸い殻をおいていくような愚かな真似はしたくない。そのためシガレットケースもライターも、自分の部屋においてきた。

「持って来て？」

「ああ」

「出してよ」

「まあ、そうせかせるなよ」

わざと新吉は、ゆっくりと腰をおろした。

「どうしたのさ」

「いや、ちょっと考えごとをしたもんでね」

「考えごとって、何さ」

「テープにとられたおれの声だよ。録音テープってやつは、磁石のちからが弱まると、蚊の鳴くみたいなたよりないものになって、しまいには一切が消えてしまうんだそうだな」

「…………」

「そろそろ、おれの声も消えた頃じゃないのかい……？　消えてるんなら、金を払うのは止めにしようと思ってね」

「ふん、なにいってんのよ。一年や二年で消えるもんですか」

「どうだか」

「じゃ、聞かせてあげるわよ」

春江は頬をふくらませると、栗の皮をはたいて立ち上がった。新吉はそれを待っていた。洋服箪笥《だんす》のひきだしからテープをとりだすのを横目でみながら、用意してきた麻縄《あさなわ》を、ポケットのなかでそっと握りしめた。

いやな仕事をすませて、小さなリールを懐中にしてもどって来たのは、部屋をでてから四十分あまり後のことだった。これですべての災《わざわ》いから解放されたことを思うと、気もはればれとしていた。罪の意識をまるで感じないのが、われながら不思議に思われた。

出たときと同様に、裏口からしのび込んだ。うまいことに、廊下にはまだ灯りがついていない。新吉はそれを幸いにして、ほの暗い階段をいっさんに駆け上がると、自室の前にたった。さすがに気がゆるみ、ノブに手をかけるのがひどく大儀だった。

「あら、高田先生」

気配を聞きつけたとみえ、隣室の扉があいて、細君がでてきた。

「いやですわ、悪戯《いたずら》なさって」

暗くてよく判らないが、口に手をあてて笑っている様子だった。

「は？」

「てっきり先生が謡っておいでだと思ったら、テープじゃありませんの。すっかり騙《だま》されましたわ」

「えッ」

「停電したもんだから判りましたのよ。ぱったり声がとぎれちゃって……」

「て、停電……」

新吉はそう叫んだきり絶句した。

5

停電の原因は、R町の変電所がショートしたためであった。技師が外にでてしらべると、碍子《がいし》から五メートルばかりはなれた二本の電線に、二羽の大柄な鳥が黒焦げになってぶら下がっているのが目に入った。技師には、はじめそれが何であるか判らなかったが、たまたま事故が発生したときに近くを通りかかって目撃した人の話を聞き、すべての疑問がとけた。

屍骸は、例の仲のいい鴉であった。二羽の鴉は、運のわるいことに、被覆がとれて裸になっている線にとまると、一羽が大きく啼き、あとの一羽が音をたててはばたきをした。そして横ざまに電線をすべって、真正面の位置で向き合ったかと思うと、互いの太いくちばしを、つと触れた。その瞬間に青白い閃光《せんこう》がとび、なにかが破裂するような大きな音がして、それがしずまったときには、二羽の鴉はまっ黒い屍体になっていたというのだった。

「やはり男同士ではなかったな。ベーゼをしたことから判断すると、雄と雌《めす》だったんだ」

修理をすませたあとで、一服つけながら、技師のAが技師のBをかえりみていった。

「さ、賭けに負けたんだから金をよこせ。千円の約束だったぞ」

「ふむ。だが、こんなことで雄雌が判るとは思わなかったな」

技師のBは気のすすまぬ頷《うなず》き方をすると、いやいやながらポケットに手を入れた。

夜を創《つく》る

1

「内山《うちやま》さんが下に見えているよ」

受話器をおいた編集長が、無表情に告げた。内山乃里子《のりこ》は浅岡《あさおか》チエの担当する作家だった。

チエはさり気ない様子で万年筆のキャップをはめ、赤インクで汚れた指先をハンカチでふきながら立ち上った。顔色を変えたりして心の動揺をさとられてはならなかった。

作家のなかには用もないのに編集部をたずね、何時間も喋りまくっていくのもいることはいるが、ほとんどのものは書斎に腰をおちつけて、滅多なことでは社に姿をみせなかった。執筆依頼のときも、督促《とくそく》をする場合も、記者のほうから足をはこぶ。出来上った作品を受けとるときもそうである。だから、作家が出版社をたずねる必要はまずないといっていい。そして、内山乃里子も例外ではないのだ。

その内山乃里子がなぜ出版社をたずねて来たのか。居合わせた編集員たちも意外そうだった。

「珍しいね。おれもあとから行くからな」

編集長の声にうなずいてみせて部屋をでた。

内山乃里子が来訪した目的はわかっている。チエは気が重かった。野火が足もとにまで迫ったという感じである。といって逃げる道はない。

エレベーターのボタンを押すと、こんなときに限ってすぐに扉があいた。下降するエレベーターのショックが、チエには奈落《ならく》に引き込まれるように思えた。

応接室は地階の食堂の隣にある。扉を押して入っていくと、脚をくんで、何かのパンフレットを読んでいた乃里子が顔を上げてこちらを見た。とげのあるいやな目をしている。

「あたし忙しいのよ」

乃里子は眉をよせ、とがめるようにいった。

色の黒いチエとは反対に、乃里子は白くてしまりがない。彼女をみるたびに、チエはゴム製の水枕を連想した。

「すみません」

「約束は一昨日だったじゃないの」

チエが腰をおろさぬうちから吐言《こごと》がつづいた。さいわい応接室にはほかに客がいない。だが、隣の食堂には調理人やウエイトレスがいる。聞えはせぬかと、チエははらはらしていた。

「延びたら延びたで電話ぐらいくれてもいいじゃないの」

「はい。あの――」

「いいわけは沢山！　もう騙されない」

ぴしりと鞭《むち》がなるようなきびしい口調だった。白いひたいに静脈がういている。

「いいわけを聞きに来たのじゃないの。最初におことわりしたように忙しいんですからね、そんな暇はないのよ」

「はあ」

「あと十日間待ってあげる。それまでに品物を返してもらうわよ。期限がすぎたらこちらにも考えがありますからね」

十日間というと、今月の十三日になる。

「あたしだって、ことを荒だてたくはないけど止むを得ないわ。そうなるとあなたの手が後ろに廻るのよ」

　ふいに扉が開いた。ぎくりとして振り返ると、編集長が肩幅のひろい上半身をのぞかせたところだった。

「廻るって、何がまわるんです？」

　編集長は、部下には見せたことのない接客用の微笑をうかべていた。聞かれたかと思ってチエははっとなったが、彼の童顔にはべつに他意はなさそうだった。

「目が廻るってことよ。この間、公園でブランコに乗った話をしてたの。ブランコなんて三十年ぶりでしょ。目が廻ってふらふらになったわ」

　と、女流作家はたくみに話を誤魔化した。

「ブランコねえ」

　八十キロの大柄な女体が、ブランコにのった珍妙なさまを想像したのか、思わずにやにやしたが、べつに何もいわなかった。

「あら、すっかりお話に夢中になってしまって。何になさいます？」

　乃里子の調子に合わせてチエも表情をつくろうと、ことさら元気な声をだした。

「オレンジジュース。ただしアメリカ物なら要らないわ。あたし国粋主義者なの」

　いままでの仏頂面は忘れたように、乃里子は明るく屈託のない顔でいった。

内山乃里子は、気むずかしい性質の持主が多い作家のなかでは、楽天家として知られていた。書くものも陽気で、気取りやてらいがなかった。寝室の描写にしても、かなり突っ込んだえげつない線までいきながら、あわやというところでさっと筆をひるがえし、あとは明るい笑いに逃げてしまう。そうした小説にありがちなみだらな感じを少しも受けないのが乃里子の特長であった。いってみれば、気立てのいいオバサンという印象なのだ。だから、編集長も彼女を陽気な女性だと思っているようだし、チエ自身、つい最近までそう信じていたのである。

チエが内山乃里子の担当記者になってから四年になる。原宿のマンションも何十回となく訪ねた。それで乃里子の性格もすっかり呑み込んだつもりでいたのだ。乃里子が、手持ちのダイヤを大粒なものに替えたいといっているのを小耳にはさんだのは、その頃のことであった。

すぐさまチエは仲介を買ってでた。この取引で、少なくみつもって五万円の手数料がチエの手に入ることになっている。その金を貯金に足せば、かねて欲しいと思っていたスポーツカーの中古が手に入るのだ。作家や画家の邸宅に颯爽《さっそう》と車をのりつけることは、チエの長い間の夢だった。想像しただけでも胸がはずんでくるのである。

ところが、相手のブローカーが車に撥《は》ねられて即死したことから、まずい事態が起きた。ダイヤの行方がわからなくなってしまったのだ。

　チエが、乃里子の庶民的で好人物なマスクのかげに、もう一つの顔をみるようになったのは、その頃からである。チエがいくら詫《わ》びても、乃里子はそれを聞き入れようとはしない。給料から一万円ずつ払っていくといっても、そんな気の長い話はご免だとにべもなく断られた。乃里子は、ダイヤを騙しとるのが最初からの計画だったのだと思い込んでいる。たまたま発生したブローカーの死を口実としてうまく利用したものと、頭から決めてかかっているのだった。そして、一か月後の今日、追及はいよいよきびしくなって、みずから社へ乗り込んできたのである。

「オレンジジュース三つね。あたしが持ってくわ」

　注文をとおすと、チエは手近の椅子にがっくり腰をおとしてしまった。十日間という限られた期限ではどうなるものでもなかった。

2

　それから一週間目のことだった。チエは、表紙をえがいている画家の池上采女《いけがみうねめ》につれられて銀座のバーをたずねた。うす暗いせまい階段をおりたところに、床と壁とが赤煉瓦《あかれんが》でできたそのバーがあった。スタンドの止り木が満員だったので、奥のボックスに通された。すぐにお絞りとスルメの足と灰皿がだされ、二人の女給があいている席に坐った。

このバーははじめて来る店だった。チエは壁の装飾をもの珍しげに眺めながら、ピースをとりだして唇にはさんだ。古代紫の和服をきたホステスは、すかさずマッチをするとチエに火をつけてやりながら、こちらは？ と池上に訊いた。

「雑誌社のひとだ。毎号ぼくが表紙をかいているのだよ。ところが、仕事が遅れちまって、つい先刻までつき合ってもらっていたんだ。ああ、肩がこったなあ」

池上はそういって、ラグビーの選手のようにいかった肩を大袈裟にたたくと、チエのためにペパーミントのフィーズを注文した。

仕事が遅れたのは池上のせいではなく、彼が挿絵《さしえ》を担当している時代小説の作家が、遊びほうけていたためであった。原稿がおくれると、その皺《しわ》よせは画家のところにくる。今度の場合も彼は徹夜でこれを仕上げたあと、一睡もせずにチエの雑誌の表紙をかき上げてくれたのだった。読者の知らないそうした苦労をぼやきながら、池上は旨《うま》そうに水割りを呑んでいた。

こうした場所ではどんな話をすればいいのか、チエには見当がつかない。ホステスも相手が同性となると話題に困るとみえて、しまいにはチエを放りだして池上とばかり喋っていた。チエは仕様ことなしに周囲を見廻した。

狭くてうす暗いバーのなかは、タバコの煙とだみ声と嬌声《きょうせい》とが渦《うず》をまいていた。止り木にかけてこちらに背をむけているのは、服装からみてほとんどが中年のサラリーマンらしかった。どの男にも家庭があり、そこには妻子が待っているのだろう。会社がひけたら真直《まっすぐ》に自宅に帰ればよさそうなものなのに、こうした場所で酒をくらっている彼らの気持がチエには解らなかった。ほの灯りに照らしだされた男達の横顔は、いい合わせたように脂《あぶら》ぎっていて不潔にみえた。

チエの視線は、煉瓦の壁に身をよせ、大きな口をあけて隣の客に笑いかけている男をとらえた。髪の毛が後退し、目がくぼんだその顔に、チエはどこかで見掛けた記憶があった。チエは池上の袖に手をかけた。

「え、あの男？　野辺地晋作《のへじしんさく》ですよ」

「野辺地さん……？」

「はは、売れない作家だから知らないのもむりないけど、内山乃里子女史の旦那だといえば思いだすでしょう」

あッと思った。そういわれてみると、原宿のマンションで一、二回すれ違ったことがある。実力はありながら好敵手のかげに隠れて存在がかすんでしまうという例は、作家の間ばかりでなしに、画壇や楽壇でもときたま耳にすることである。しかし野辺地の場合はそうではなく、まるきり作家としての才能を持ち合わせていないというのが大方の批評であった。彼の作品が二、三度なにかの雑誌に載ったことがあるのは、もっぱら乃里子の推挙によるものだという噂がながれていた。売れっ児である彼女の作品をもらうためには、その夫である野辺地の短篇を掲載するのも止むを得ない場合があったのだ。

野辺地が書かなくなったのは批評家にこっぴどく叩かれたからだといわれている。自分の才能にみきわめをつけて以来、せっせと銀座のバーへ通っているという風評をきいたことがあったが、いま目の前に野辺地をみて、それが単なるデマではないことを知った。

だれかが、髪結いの亭主だとなかば嘲《あざけ》るようにいったことがある。チエは、しかし彼を軽侮《けいぶ》の目で眺めることはできなかった。有名人の妻をもった無能な夫の心のなかが、屈辱と虚無と諦《あきら》めとでないまぜになっていることを、チエは幾つかの例をみてよく知っていた。野辺地の呑む酒がうまいわけがないだろう。だが、みじめな気持をまぎらわすためには、酒を呑むほかにどんな方法があるというのか。

そう思ってみると、広いひたいの辺りにも苦渋の色が充ちているような気がするのだった。ふとチエは、この夫に頼んでみたら何とかなるのではないかと思った。口あたりのいい緑色のカクテルを呑んでいるときも、ダイヤの一件はチエの心を去ることがなかったのである。

池上にことわると、チエはボックスを立って野辺地に近づいた。声をかけられた野辺地は振り向いたとたんに、それがチエであることを認めた。

「やあ浅岡君、めずらしいですな」

ダイヤのことを知っているのかいないのか、野辺地は目尻をほそめて好意的な笑顔をみせた。チエは名前を覚えていてくれたことが意外でもあり、嬉しくもあった。

「あの、お話があるのですけど。後程《のちほど》で結構ですから、ちょっとお時間をさいて下さいませんこと？」

「話？　ああ、いいですとも」

気さくに彼は答えた。後退したひたいとくぼんだ目とは、斜め上から照らされたスポットの灯りをうけて、アメリカのある性格俳優のようにみえた。

「なにか呑みませんか」

「いいえ、あたくしはもう沢山」

「ぼくも充分に呑んだ。でましょうか」

バーテンに一つ頷いてみせると、スツールから降りた。そのときチエは、彼が軽く足をひきずっていることに気がついた。平生から旨い肉料理を鱈腹《たらふく》たべていたせいか、まだ四十になったばかりだというのに痛風になってしまったからである。

野辺地が先に立って扉を出ると、チエは小走りに戻って、ボックスの池上にいとまを告げた。

「用が？　野辺地さんに？」

池上は、やさしそうな名とは反対のいかつい顔に、ひょいと怪訝《けげん》な表情をうかべたが、すぐに納得したように手をふった。

階段を上ったところに立った野辺地は、タバコに火をつけようとしていた。

「話というのはダイヤのこと？」

マッチを捨てると、彼はふり返った。チエが、そうだと答えると、彼は万事了解したというふうに大きく頷いてみせてから、通りかかった車に手を上げた。

「ぼくが話をつけてあげよう。乗りなさい」

チエは、恐縮しながら長身を折って先に乗り込んだ。隣のシートに腰をおろした野辺地は、原宿のマンションの名を運転手に告げた。乃里子の仕事部屋のことはよく知っているチエだが、野辺地の部屋にとおされたのは初めてだった。窓からNHK放送センターの赤い塔の灯りがみえた。野辺地はあわただしくカーテンを閉じると、チエに椅子をすすめ、キャビネットから背のたかいグラスと酒瓶をとりだして、淡黄色の液体をグラスに注いだ。

「どうですか、一杯」

「はい。あの、内山先生は……？」

「仕事をしてるんじゃないかな。気がのってる最中に声をかけると怒りますからね。もう少し待って下さい」

無理もないことだとチエは思い、グラスを口にもっていった。池上が注文してくれたカクテルとは違い、甘口だが、酒精度はたかかった。チエは体のなかが一時に燃え上ったような気がした。

「ダイヤのことはきいてますよ。どうも家内はせっかちなところが欠点でしてね。待つということができないんだな。しかしね、膝をつき合わせてぼくが説得すれば、きっと解ってくれますよ」

「すみません。どうかお願い致します」

と、チエは頭をさげた。

野辺地は、黒い絹のガウンに着かえてきた。くつろいだ空気と酒がふたりの間に軽い雑談をさそった。しかし野辺地は、話が文壇のことになると、明らさまに不愉快な顔をした。敏感にそれをみてとったチエは、二度と文学の話を口にしなかった。気がついてみると、瓶の中の甘い酒はほとんどからになっていた。アルコールに弱いチエは耳まで赤く染ってみえた。

「こんなに酔ってしまって、先生がご覧になったら不愉快にお思いになりますわ」

チエは困ったようにいった。口当りがいいものだから、つい度を過してしまった自分も馬鹿だが、つよい酒をすすめた野辺地も恨めしかった。

「アハハハ、大丈夫、大丈夫」

ふいに声をたてて笑うと、野辺地はガウンの上から太股《ふともも》を叩いておかしそうに体をゆすぶった。チエはふと不安になった。

「内山先生は――」

「家内？　家内はおらんよ。葉山《はやま》の家にいっている」

「まあ」

「女中もいない。家内と一緒に葉山へいったが、父親の病気がおもいというので、青森へ帰らせた。十日間の休暇をやったのだ」

「では……」

「そうさ。この家にいるのはぼくらだけだ」

「騙したのね？」

野辺地はまた声をたてて満足そうに笑った。禿《は》げ上ったひたいがてらてらと光ってみえた。

「言葉に気をつけて欲しいな。騙したわけではないのだからね。二、三日中に葉山へ行って、きみの話をするつもりなんだから。だが、ただではいやだね」

「というと？」

「解ってるだろ」

野辺地の視線は、ねばっこくなめるようにチエの体に注がれていた。

「解りません。どういうことなのですか？」

チエは顔をこわばらせ、きびしい口調でいった。

「まあ、そうむきになりなさんな。つまりね、今夜はここでゆっくり遊んでいきなさいといってるのさ。なに、実のところぼくも白豚みたいな乃里子にはもう飽き飽きしているんだよ。だから、あいつがいないとせいせいする。最初っからぼくは肥った女が嫌いだった。吐き気のするのを我慢してあいつと一緒になったんだ。自慢をするわけではないが、ぼくには生活力がないからね」

野辺地はそういうと、チエのソファーへ身を移してきた。チエは、浅黒い皮膚をしているが、はりのある目が印象的な野性味のある美人である。野辺地が食指をうごかすのも当然だった。

「ね、いいだろう。今夜泊っていくね」

すねたようなチエの小さな顎《あご》に手をかけて、ぐっと自分の方に顔を向けさせた。チエの頬に酒くさい息がまともに吹きかかった。

野辺地の腕が肩から背の方にまわろうとしたとき、チエは反射的に立ちあがった。はげしい勢いで野辺地の体を押し返すと、後ろもみずに部屋をとびだした。

3

期限が迫るにつれ、チエはどうしようもない不安にいたたまれなくなってきた。ただでさえ乃里子は怒っている。そこへ、野辺地があることないことを悪しざまに告げ口すれば、乃里子の怒りはいっそう激しいものになることが考えられた。約束の十日間がすぎたとき、乃里子はどんな手段にでるだろうか。

その結果、チエがダイヤを詐取した噂は忽《たちま》ち出版界や文壇に知れわたってしまう。そうなれば一切が破滅だった。チエは会社をクビになり、ジャーナリズムの世界から追放されてしまう。そして秘かに慕情をよせている出版部の男性とも逢えなくなるのだ。

チエは、乃里子が病気にかかって死んでくれればいいと思った。いや、病気で死ぬのは時日がかかるから工合がわるい。あの宝石ブローカーみたいに車に跳ねられるか、殺人事件の頻発《ひんぱつ》しているおりから兇悪な強盗に襲われるかして、あっさりと死んでくれたらどんなにうれしいことだろうと思った。だが、そうした空想からさめた途端に、チエはふたたび絶望感に身をさいなまれるのであった。

平凡なことではあるけれど、チエがゆきついたのは、もう一度乃里子を訪ねて誠意を披瀝《ひれき》し、なんとかサラリーから返済することで納得してもらおうということであった。乃里子の耳には野辺地の悪口がとどいているだろうから、事態はいっそう悪化している筈《はず》だが、それ以上の名案は思いつけなかったのだ。

明日は寄稿家をたずねて出社するから少しおそくなる予定だ。チエは編集長にそう伝えておいて退社した。会社にくる前に作家なり画家のところに立ち寄ることは、どの編集者もしばしばやるのである。だから編集長も一つ頷いてみせたきりで、だれを訪問するかということは別に訊ねもしなかった。もし反問されたなら、チエは適当な画家の名をあげて誤魔化すつもりでいた。乃里子の家をたずねることはなるたけ知られたくはなかった。

その翌朝、チエは早起きをして葉山へ向った。乃里子の別荘も何度かたずねたことがあるから、地理には通じているのだ。

文筆家のなかには夜中に執筆しないと能率が上らぬものと、日中に仕事をするものとの二つの型があるが、乃里子は後者に属していた。朝の八時には机に向い、どれほど忙しくても夜の十時には筆をおく。担当者として当然なことだけれども、チエはそうした乃里子の習慣も熟知していた。もし彼女が夜型の作家だとするならば、訪問は午後にしなくてはならない。

横須賀線で逗子《ずし》までいき、駅前から葉山行のバスに乗って、御用邸前の終点で下車する。乃里子の別荘は国道を五百メートルほどいったところで側道に入り、さらに一キロあまり奥へすすんだ丘の裾《すそ》にあった。付近には他に別荘が四、五軒あるが、季節はずれのいま頃はどこの建物もあいている。ご用聞きの小僧さえたずねて来ないのだ。そんな淋《さび》しいところに住んでいるのは、いかにも乃里子の鈍感な一面をあらわしているようであった。とうてい自分には耐えられない、と思う。

道の両側は蔬菜《そさい》畑と笹やぶである。ゆきかうひとはほとんどなかった。チエはとぼとぼと足をはこんだ。行かねばならぬ。しかし、なんとも気がすすまないところは歯の治療をうけにいくときの気持に似ていた。チエは歯を削られるのが大嫌いだった。だから虫歯をこしらえぬよう、朝晩わすれずに歯をみがく。

途中、頭上たかくジェット機が白い飛行機雲をのこして横切っていった。チエは空を見上げて歩いているうちに、道の真中にころがっていた石につまずいて危うく転びそうになった。たたらを踏んで体重を片足にかけたとたん、くるぶしを捻挫《ねんざ》してしまった。チエは歯の間から呻《うめ》き声をもらすと、痛む足首を両手でかばいながら、道端の草の上に坐り込んだ。

しばらくの間、口がきけぬほど痛んでいた。チエは白くなった唇を嚙みしめ呼吸をとめて、辛うじて激痛を我慢していた。

そうやって十分ちかくたっただろうか、どうにか痛みもしずまったらしいので、手をついてそろそろと立ち上った。痛む足をひきずるようにすれば、辛うじて歩くことができそうだった。チエは藪《やぶ》のかげに手頃の棒がおちていることに気がつくと、それを拾って杖がわりにして歩きだした。

乃里子の別荘はコロニアルスタイルと称するものだった。木の階段を上るとすぐに木の床をはったテラスになる。椅子とテーブルをおけばお茶を飲んだり本を読んだりすることができる。かつてはチエもそこでサンドイッチを振舞われたことがあった。

テラスを横切ると白ペンキを塗った自在扉があって、その内側の部屋を乃里子は仕事室にしていた。いまもそこから彼女の単調な、ゆっくりした声がきこえてきた。テープに吹き込んでいるな、とチエはすぐに気づいた。のんびりとしたテンポで述べないと、あとで文字になおす場合、ついていけないのである。

乃里子は、テープに吹き込んだ声をアルバイトの学生に清書させたり、自分で原稿用紙に写したりする方法をとっていた。

「自分でやらなくちゃ駄目ね。アルバイトにやらせると、漢字を知らないものだから、カナが多くなっちゃうのよ。それでいて読点をけちったりして」

結局、清書されたものにもう一度目をとおさなくてはならないから、手数もかかれば原稿も赤インクで汚れてしまう。そうした愚痴《ぐち》をチエはきかされた記憶があった。

ふと声が止み、「あなた?」といっているのがきこえた。チエは野辺地が来ているのだと思い、絶望的な気持におちいった。ふたたび口述がはじまっても、チエはしばらくそこに立ちつくしていた。

仕事部屋の時計が九時を打った。はっとして気をとりなおすと、チエは入口に近づいた。扉のすき間から、机に向って仕事をしている乃里子の背がみえた。テーブルの上には四角いレコーダーがのせてあった。彼女は左手にマイクをもって口述をつづけていたが、ふと人の気配に気づいたらしく、そのままの姿勢で声をかけてきた。

「いま油がのっているところなの。待っててね。そう、お紅茶いれてくださらない、あなた」

それだけいうと、また口述にもどった。テラスの物音を耳にした乃里子は、夫の野辺地がきたものと思い違いをしているらしい。その理由がチエの靴音にあることに気づくまで、さして時間はかからなかった。痛風で足を痛めた野辺地はステッキをつかっている。そしてチエもまた、拾った棒きれを杖がわりにしていたのである。そんな事情を知らない乃里子が、不自然な足音から、てっきり夫が来たものと思いこんでしまったのは無理もないことだった。

気がのっているという乃里子の邪魔をすれば、いっそう機嫌をそこねることになる。そう思ってそこに佇《たたず》んでいたとき、チエの心にあの声がきこえてきたのだ。

「殺せ、殺してしまえ。乃里子がお前のいいわけなどきいてくれるものか」

けしかけるように声はいった。

「臆病者《おくびょうもの》！　いまがチャンスではないか。乃里子はテラスにいるのが夫だと思っている。そこを利用するのだ」

「あなたと呼びかけるあの声はテープに入っている。あとで警察がテープを廻すことは間違いない。そして野辺地が犯人だと思われるのだ」

「さあ、やれ。なにをぐずぐずしている！」

きっとしてチエは顔を上げた。唇を血の出るほどかたく嚙みしめていた。たしかにそのとおりだ。乃里子がいまさら釈明などきき入れてくれるはずもない。一切のトラブルから逃れるためには、乃里子を殺すほかはない！

野辺地が示した先夜のふらちな態度を思いうかべたとき、チエの決意は固いものとなった。あの低俗な馬鹿者が、妻殺しの嫌疑をかけられて蒼くなっているさまを想像すると、チエは腹の底から笑いだしたくなるのだった。

しずかに、少しずつ扉をおし開けてなかに入り込んだ。乃里子は白いブラウスの背を幾分前かがみにして、口述に夢中であった。わかい女性が半狂乱になって愛人に訴えている場面らしかったが、それに耳をかしている余裕はない。

4

チエは足の痛みをすっかり忘却していた。物音をたてぬように部屋を横切ると、机に近づいて杖をふり上げ、吸い込んだ息をとめた。その気配にふり向いた乃里子は、ぽかんと口を開けていたが、ついですべてを悟ったように悲鳴をあげかけた。チエはその白いひたい目がけて杖を打ちおろした。

いざとなると度胸ができるものなのだろうか、チエは自分でも意外に思うほど落着いていた。まず息絶えていることを確かめておいてから、ハンカチで指紋がつかぬようにして回転しているテープレコーダーを逆転させ、音を小さくしぼって内容を再生してみた。乃里子の声がしばらくつづいていたが、やがて唐突に止んで「あなた？」という問いかけになる。それから一分ほど口述にもどり、時計が九時を打つとすぐに「紅茶を入れて」うんぬんの話しかけになるのだった。係官がこれをきけば、野辺地が疑われることは間違いなかった。

屍体が目に入らぬように後ろをむくと、野辺地を犯人に仕立てるための手段を検討した。まず第一に思いついたのは、朝のおそい野辺地は、まだ東京のマンションのベッドの上にいるのではないか、ということであった。あと一時間もすれば目覚めるだろうが、そこに来客でもあれば、野辺地が自室にいたことは忽ち明らかになってしまう。来客がないとしても、ダスターシュートにごみを捨てにいって隣室の住人と顔を合わせないとは限らないし、友人から電話がかかってこないとも限らないのである。チエは、テープの声だけでは野辺地を犯人にできないことを悟った。では、どうすればいいか。

いい案を思いつこうとしてあたりを見廻していた視線が、ふと、気だるそうに振り子をゆすっている壁の時計にとまった。ゴルフ大会でもらったという、ウォールナット色の一週間捲きの日付時計である。チエの気をひいたのは、この時鐘が乃里子の声の背後ではっきりと九時を打っていたことだった。

その録音された打鐘から、兇行のあったのが九時であることは判る。だが、それが午前九時か午後九時かを判定することはできないのだ。だからこの点をうまく逆用して、乃里子が夜の九時に殺されたようにみせかける一方、野辺地のその時刻のアリバイを不明確なものにしておけば、彼が窮地に追い込まれるのは充分に期待できることではないか。

さいわいなことに、女中は青森に帰省しており、ここ数日は戻らないという。さらに都合のいいことには、ご用聞きの小僧もこの家には来ない。したがって、乃里子の屍体を発見するのは女中ということになるのだろうが、そのときには屍体はかなりいたんでいるにちがいない。仮りに、殺された日が十三日であることは判ったとしても、兇行時刻までつきとめることは不可能である。

そこまで考えてきたチエは、ただちに部屋のなかを夜の状態にすることにした。まず、鎧扉《よろいとびら》とガラス窓を閉じて施錠《せじょう》すると、カーテンを引いた。天井の電灯をつけ、電気スタンドのスイッチを入れる。つぎに勿論、夜の装置をするのは仕事部屋だけではない。チエは、食堂や寝室などを廻って歩いて、窓を閉めたり、適当に電灯をつけたりした。

チエが呆《あき》れかえったのは台所と浴室をのぞいたときだった。流しには使った食器が幾つとなくおいてあるし、浴室の籠《かご》のなかは、汚れた下着でいっぱいになっていた。タイル張りのトイレの床にもほこりがつもっており、乃里子という女が家事という面でいかにだらしないかがよく判るのだった。

チエが最後まで迷ったのは、入口の軒灯をどうするかということだった。日中から点灯しておくと、もし通りかかった人に見られた場合に、怪しまれるのではないかと考えたからである。しかし、室内の電灯とちがってポーチの灯りは消し忘れることがしばしばあるのだから、必ずしも不審をいだかれるものとは限らなかった。そう考えて軒灯のスイッチも入れることにした。

さて、他に忘れたことはないだろうか。仕事部屋にもどったチエは椅子に腰をおろすと、頭を深くたれて考え込んだ。なにかまだやり残しがあるような気がしてならない。それでいて幾ら考えてみても思いつくことができないのである。チエは腕時計に目をやり、顔を上げて時計をみた。どちらも十時になろうとしている。遅くとも正午までに出社したかった。チエはいらいらしてきた。そして立ち上ってその辺を歩きまわろうとしたときに、不意に忘れかけていたことに気がついた。動機の問題である。

野辺地が妻を殺したのはなぜか。その理由を設定しておかない限り、彼が疑惑の目でみられることは期待できなかった。いくら野辺地が馬鹿な男であるとしても、金の卵を産む鵞鳥《がちよう》をしめ殺すほどに愚かなことをするとは考えられないのだ。では、彼の場合にふさわしい動機は何であろうか。

その答えはすぐにでた。女性関係のトラブルである。彼が酒場通いをしていることや、先夜の態度から考えて、女好きな性格であることは容易に察しがつくのだ。となると、夫の芳《かんば》しからぬ私行を乃里子がとがめ、離婚話を持ちだすということも想像できるのだった。妻に追い出された野辺地は一文無しになってしまう。離婚されまいとする彼が、この問題にピリオドを打つために乃里子を殺すという筋書ならば、だれもが納得してくれるだろう。

チエはついていた。DP屋に焼いてもらった手札判の写真がそっくりそのままハンドバッグに入れてあったからである。二十数枚の写真のなかには、友人をとったものが幾つかあった。チエはそれを利用しようと思いついたのだ。

チエが選んだのは、同僚の女子社員がバスの停留所の前に立ち、腕の時計に目をおとしている一枚だった。それを机の上の灰皿にのせると、ライターで火をつけた。そして片脚のすねの部分とスカートの一部を残しただけで、あとをすっかり灰にしてしまった。焼け残りをみただけでは、女性が写っていたことは判るものの、それが何者であるかをつきとめるわけにはいかない。この写真に気づいた刑事は、そこに写っている女性をめぐっての口論が昂《こう》じた揚句、殺人に至ったものと判断することだろう。しかし幾ら努力をしてみたところで、スカートと脚の一部とから女の正体をつきとめることは不可能なのだ。結局、刑事は真相に到達することはできず、チエは永久にカーテンの背後であぐらをかいていられるのである。チエは、これで一切の必要な手は打ったものと考えた。器物に触れるときはかならずハンカチを用いたから、指紋を残してはいない。あとは遺留品のないよう気をつけて、一刻も早くここを逃げだすことだった。ライターをバッグに入れ兇器の棒を手にもつと、チエは足早に外にでた。

5

人を殺したのだから冷静さを失っていたのは当然だけれど、チエは身にそなわった克己心《こっきしん》でみごとにそれに打ち克《か》った。というよりも、いったん走りだした以上はわき目もふらずにゴールへ飛び込むほかはなかったのだ。

チエには野辺地のアリバイを潰《つぶ》すという仕事が残されていた。その方法については、逗子発東京行の電車のなかで考えをまとめておいたので、あとは、それに従って行動するだけであった。さして難しいことではない。

出社したチエは暇をみて二階におり、廊下の赤電話に十円玉を入れた。ほかの階に比べるとここは人影をみないのである。チエは女優でも声優でもないから、それらしい声をだして芝居をするのは容易なことではなかったが、できるだけ下手《したで》にでて、失われた野辺地の自尊心を恢復《かいふく》するように心掛けた。

「ほんとに申しわけないことを致しましたわ。あれ以来、そのことばかり考えておりますの」

「それがどうしたというのかね」

「あの、おみ足を蹴とばしたように思うのですけど、お痛みなさいませんでしょうか」

「べつに」

はじめのうちは木で鼻をくくったような返事しかしなかった野辺地だが、チエが夜のデートを申し込む頃から、一変して機嫌がよくなった。

「本気かね、きみ」

チエは周囲を見廻した。こんな会話を小耳にはさまれたら一大事だ。

「もう、小娘じゃございませんのよ」

含み笑いをすると大胆にいってのけた。

「そんな経験は何度もございます」

「きみ!」

息をのんでいる様子だ。

「だれか来ましたわ。今夜うかがいます。ご免あそば——」

おわりまでいわずに切った。舌なめずりをしている野辺地の顔がみえるようだった。勿論、彼のマンションに行く気はない。

退社時刻がくると、ふたりの同僚と一緒に丸ノ内へ映画をみにいくことにした。前々から話題になっていたスペクタクルの超大作だったので、チエがみなを誘ったところでおかしくはないのである。三人の女性は夕食をつましくそばですませ、映画もワリカンであった。チエが奢《おご》ったとすれば、そのほうがかえって不自然になった。

映画劇場は派手な宣伝にもかかわらず七分の入りでしかない。久し振りにこうした場所にきたチエだったが、劇場映画の凋落《ちょうらく》ぶりを目にして、それが噂だけでないことを知った。

チエは、ニュース映画が始まる直前に席を立つと、手洗いにいくように見せかけておいて、ロビイの赤電話のダイアルを廻した。野辺地はすぐにでた。

「待っていたぜ。いつ来るのかね?」

「いま、小田原からおかけしてますの。画家《えかき》さんを訪問したのです」

「ふむ」

「それで、以前に泊ったことのある箱根のホテルでお待ちしたいと思うのですけど……。明日の朝、小田急かなにかでご一緒に帰ればよろしいでしょ？」

有無をいわせぬ強引な調子で嘘をついた。

「箱根か」

「絵があと一時間ばかりかかりますのよ」

「いまから出かけると九時になるな」

「いいじゃございません？　先にお部屋をとっておきますわ。そして、九時に強羅《ごうら》の改札口をでたところでお待ちすることにしては？」

「そうだな。じゃ、そうするか。強羅だね？」

「はい。そのかわり、おとりなしの件をよろしくお願いしますわ」

架空のホテルの名を告げて通話をおえた。チエという餌《えさ》につられて野辺地はのこのこと箱根に赴《おもむ》く。そして待ち呆《ぼう》けをくわされ、ようやく騙されたことに気づくだろう。やがて妻の屍体が発見され、刑事から当夜の九時のアリバイを追及された彼は、チエに誘惑されて箱根にいったことを主張する。だがチエが否定すれば、それを証明するものは何一つないのである。一方チエが万一にも疑われたとしても、友人達とともに映画をみていたという立派なアリバイがあるのだ。だれがみてもシロになる。

席にもどったチエは、つぎの休憩時間にふたたび原宿のマンションに電話をしてみた。ベルの音は無人の部屋に鳴りつづけていた。

6

その翌日、野辺地から文句の電話がかかってきた。アリバイを潰されたことにはまだ気づいていない。チエが先夜の仕返しに嘘をついたものと解釈し、騙されたことに立腹しているのだった。チエはとり合わずにいた。

予想したとおり、乃里子の屍体は青森から戻った女中によって発見された。事件を報じた朝刊を読みすすんでいくうちに、チエは頭をどやされたようなショックを受け、色を失った。犯人は午前九時の犯行を午後九時にみせかけるため、さまざまな工作をしていたと書いてあったからである。

珈琲をひと息で飲んでしまうと、もう一度記事をよみなおしてみた。あれだけ完壁にやったつもりだが、それが一体どこから判ったというのだろうか。チエはそれが不思議でならなかった。原稿の締切に間に合わなかったためか精《くわ》しい説明はされていないのだ。

Q紙の逗子支局に知り合いの記者がいる。東京本社勤務時代に胸を病み、恢復期に入ったいま、比較的に暇な逗子へ廻されているのだった。彼に訊けば教えてくれるかもしれない。下手をすると藪蛇《やぶへび》になりかねないが、あの工作が判ってしまった以上、おそかれ早かれ自分は逮捕されるのだ。いまさら迷うことはないではないか。

指先に力をこめてダイアルを廻した。

「やあ、浅岡さんか。珍しいな」

バスのきいた岡田《おかだ》記者の声だった。

「あれかい？　あれは警察側が好運だったんだなあ。内山乃里子女史はだらしのない女性でね、万事が女中さんまかせだ。その女中さんが休暇をとって帰っていったあとは、ろくに掃除もしなかったらしい」

「忙しいのよ。売れっ児ですもの」

チエは汚れた下着や食器を思いうかべた。

「どうだか知らないけどもさ。仕事部屋の時計も、女中さんが出発する前の日あたりにネジを捲いたきりなんだな。だから、係官が現場へ到着したときは、時計は止っていた」

「まあ」

「日付時計だから、十三日の四時十七分に止ったことは判るんだが、こころみに針を十二時のところまで廻してみると、かちりと日付が変った。ま、そうしたわけで、止ったのが午後の四時十七分であることがはっきりした」

「…………」

「だからさ、テープに入っていた九時を打つ音というのは、時計が止る前のことなんだ。つまりだな、殺人は午前九時にあったことになる」

「…………」

「犯人は頭のいいやつだね。窓を閉じたり電灯をつけたりして……、おい、浅岡君。きいているのかいないのか。おい、浅岡君！……」

墓穴

1

池下伝平《いけしたでんぺい》はすぐに返事をすることができず、しばらくの間、腹這《はらば》いになったままでタバコをふかしていた。毎度のことながら情事のあとの一服は、朝の起きぬけの一服よりも旨《うま》い。いつもそう信じている伝平だったが、いまは、味も香りも判らなかった。気をしずめるために、ただ機械的に吸っているにすぎないのだ。

昼さがりの待合《まちあい》はほとんど客がないらしかった。しずかだ。タバコの灰の落ちる音さえきこえそうだった。

ややあって、吸殻《すいがら》をもみ消すと、絹子《きぬこ》に向きなおった。

「……まさか、本気でいってるわけじゃあるまいね？」

「本気だわよ。こんなことが冗談でいえるものですか」

「しかしきみ――」

「いいのよ、いやなら頼まないから。でも、聞くだけはきいて頂戴《ちょうだい》」

絹子は手をのばすと、伝平の裸の肩にふとんをかけてやった。白い二の腕には、先程ついた伝平の歯型がまだあざやかに残っている。これが絹子の夫の目にふれたら、まずいことが起こるんじゃないかと心配になった。

「主人はね、あたし達のよろめきに勘づいたらしいの」

「こんな証拠を残しているからだ」

二の腕をつかんで引き寄せた。絹子はかるく抵抗して腕を引っ込めた。

「ずいぶん気を使ったつもりだけど、夫婦の間だと、お互いに嗅覚が鋭くなるのね。あたしだって、あの人が浮気したときはすぐに判ったもの」

「きみの思いすごしじゃないのかな」

と、伝平はまだ懐疑的だった。会社員で、とって三十六歳になるが、恰幅《かっぷく》がよくふけているので四十にはみえる。

絹子はきっぱりとした口調で否定した。

「今朝、引導《いんどう》をわたされたのよ。あの人、靴をはいてしまうとひょいとあたしの顔をみて、おれを裏切ったらただではおかんからな……って、そういい残してでていったわ。あたし、とぼけて何をいわれたんだか解らないような表情をしてたんだけど、内心どきりとしたわよ」

「なんだ。まだ警告の範囲をでていないじゃないか。おどかすなよ」

伝平は無理におどけた。

「駄目《だめ》よ、のんびりしたこと考えていちゃ。あの人のことだもの、そのうちに私立探偵でもやとって執念ぶかく尾行させるわよ。そして、あたしがよろめいている事実をつかんだら、容赦なく追い出すに決ってるわ。二番目の奥さんだってそれで離婚されたのよ。いま、川崎かどっかの呑み屋にいるって噂だけど、落ちぶれたもんだわ」

「ほう」

「そうなるとケチで薄情だから、病気してるって噂をきいても、眉ひとつ動かさないわ。あなたのことが知れたら、あたしだって裸で叩き出されることよ」

「そうなったらすぐおれのアパートへ来いよ。前からいってるように、茶碗でも夜具でも二人分をそろえて待ってるんだ」

茶碗の話は嘘である。しかし愛しているのは事実だった。いまの初老の亭主には不釣合の、色白で可愛らしい、京人形みたいな顔立ちの美人なのだ。一見おとなしやかで控え目の印象をあたえるが、それは表面だけのことにすぎない。ひと皮剝《は》ぐと、中南米の女のように情熱的であった。そもそもは、伝平のほうが強引に誘い込まれたのである。

「あなたってバカねえ」

「なぜ?」

「あたしが悪いことして追い出される場合は、慰謝料をもらえないのよ」

「要らないさ、そんなもの。例の五百万はそのまま預金してあるんだろ? そいつをおろせばいい」

五百万というのは絹子が小豆《あずき》相場を張ったときに儲《もう》けた金であった。

池下伝平は蠣殻町《かきがらちょう》の小さな商事会社に勤めている。近所の人に訊かれたときは証券会社だと答えることにしているが、実際は俗に赤いダイアと称される小豆とささげの取引を専門にした会社であり、彼は、そこのセールスマンなのであった。絹子が手持の株を投じて勝負を挑んだとき、どういう風の吹き廻しか解らないが、彼の操作とアドバイスがことごとく適中して、わずかの期間で数十倍になって戻ってきたのである。ふたりの交際はそれをきっかけとして始まり、そしてすでに一年余りがすぎていた。

「五百万ぽっちがいつまでもあるもんですか。こうして遊んでいられるのも、そのお金のお蔭なのよ。もう幾らも残っちゃいないわ」

伝平は溜息をついた。

「もし円満に協議離婚をするとしたら、慰謝料はどのくらいもらえるんだい」

「そうね、五千万は取ってやるわよ」

伝平は息をのんだ。夫の室戸是康《むろとこれやす》が新宿で音楽事務所を主催していることは知っていた。が、一介の仲介業者にそれだけの手切れ金が出せるのだろうか。

「そ、そんなに金持なのかい？」

「いまのお仕事なんて道楽なのよ。死んだお父さんが発明家で、その特許権の使用料がすごいの。室戸の財産は安く見積って十億以上だというんだから」

十億という金額がぴんとこない。頭のなかで計算してみたが、彼の小さな物差《ものさし》では容易に計りきれなかった。

「……そこで先刻《さっき》の話になるんだけど、仮りにいま主人が死んだら、十億というお金はあたしと長男の一郎《いちろう》で分けることになるのよ」

「それにしても大した金額だ」

「でもね、離婚されたあとで死なれたんじゃビタ一文の得にもならないわ」

「そりゃそうだ」

「だからいまのうちに死んで欲しいの」

伝平はまじまじと相手を見つめた。こんな可愛い器量をしているくせに、なんという恐ろしいことを考える女だ。だが、そう批判するそばから、すぐに打算的な考えがうかんできた。

池下伝平は決して優秀なセールスマンではない。少年の頃からみっちり叩き込まれた根っからの証券マンに比べると、大学で習った理論なんて甘っちょろいものだった。勘の鋭さにおいて、大学出は彼らの敵ではないのである。そしてこの世界では、なによりも勘がものをいった。いまの会社にいる限りは梲《うだつ》は上らないものと悟っている。かといって、いまさら転職するほどの勇気もない。

客から預っていた金に手をつけたのは、そうした捨《す》て鉢《ばち》な気持が手伝ったからだと自分なりに解釈していた。利鞘《りざや》を稼《かせ》ぐつもりのところが焦げつかせてしまい、昨今ではにっちもさっちもいかぬ状態にあった。情事のさなかにも、札束の幻が目の前にちらつくほどである。

「どう？　そのお金は二人のものなのよ」

ながし目で見ながら、絹子は反応を待つように甘い口調で語りかけた。伝平はごくりと唾を呑み込んだ。

「あたしが未亡人になったら一年ばかり辛抱するの。それからおもむろに再婚すれば、だれにも怪しまれやしないわ」

「……そうだな」

伝平も三年前から独身をつづけている。丸ノ内の商社でタイピストをしていた細君は、将来性のない亭主にみきりをつけると、会社に出入りしていた若僧と手に手をとって駆落《かけお》ちしてしまった。現在その男は神戸で貿易商を営み、かなり楽な暮しをしているという噂だった。

絹子に煮え切らぬ返事をしておいて目をつぶった。客のかねに手をつけるくらいだから伝平にしても真ッ正直な人間ではない。が、人を殺すとなると話はべつだ。安直に同意するわけにはゆかぬのである。

「……ばれたら死刑だぜ」

「そりゃそうよ。何といってもいちばん疑われるのはあたしだから、家で麻雀《マージヤン》をやることにするわ。殺すのはあなたの仕事よ」

伝平が承知することを決めているような、いともあっさりとしたいい方だった。丸くてぽっちゃりしているだけに、なんとも異様な印象を受ける。

「何億というおかねを手に入れるためだもの、それ相応の苦労をしないで、のんびりして懐《ふところ》に手をつっ込んでいちゃ駄目だわよ。解ったわね」

「うむ」

「いまの段階ではふたりの関係を知ってるものはいないのよ。だから、一千万の都民のなかから特にあなたが疑られるような理由はないの。心配はいらないわ」

「…………」

いわれてみれば確かにそうだ。現場に指紋をのこすようなヘマをやらない限りは、おれの身は安全なはずだ……。伝平は眉間《みけん》にふかいたてじわを寄せると、じっと考え込んだ。

2

室戸是康は呼び屋である。もっとも、戦後に発生したこの下司《げす》っぽい名称を、彼自身は好んでいない。だから客と応対している際に相手がうっかり呼び屋という言葉を口にすると、室戸は露骨にいやな顔になり、訂正させるのであった。

室戸が招聘《しょうへい》するのは一流の、もしくは将来性のあるクラシック音楽家に限られていた。黒字になることは判っていても、ビートルズのようなポピュラー歌手やサーカスは呼んだことがない。芸人と芸術家との間に、彼ははっきりとした一線を画していた。日本人の音楽性を向上させることが彼のささやかな願いなのだ。ポピュラーはそれを堕落させるものだと信じている。

諏訪根自子《すわねじこ》女史は、エフレム・ジンバリストのリサイタルをきいてヴァイオリニストになる決心をしたという。それとほぼ同じ頃に、彼はミハイル・エルマンをきいて海外音楽家のプロモーターになることを心に決めた。聴衆が、エルマントーンと称されたポルタメント過剰の甘美な音色に陶然《とうぜん》となっているとき、室戸はそっと会場のなかを見廻して、興行者側はどれくらい儲けただろうかと計算していたのである。四国は阿波《あわ》の産だが、関西の人間のように商才にたけていた。いま、彼のオフィスには、この夜の変色して黄色くなったプログラムが金属の額縁に入れて飾ってある。

室戸是康が一本立ちになったのは大東亜戦争の直前だったから、実際に活動を開始したのは戦後だが、事業は期待した以上に成功した。戦前は船便を利用するにせよ、シベリア鉄道によるにせよ、極東への旅は長い時日を要したので、来日する音楽家は第一線を退いた老大家が多かった。チェロのフォイヤーマンやヴァイオリンのゴールトベルク、ピアノのリリイ・クラウスなどは少数の例外であったと考えていい。ところが戦後は航空機の発達により、現在活躍中のいきのいい大家中堅が陸《りく》続《ぞく》として来るようになった。室戸ばかりでなく、多くの音楽事務所がいっせいに活気を呈しはじめたのである。彼はオフィスを新宿西口のあたらしく建ったビルの八階に移した。二年前のことであった。

扉が叩かれ、女秘書が顔をのぞかせた。室戸は電話嫌いだから、外部からの用件はすべて秘書が取りつぐことになっている。強引な性格の男にもかかわらず、ベルの金属的な響きが不快だという神経質な一面があるのだ。

「こういうかたがご面会です。この封筒の中身をご覧いただきたいとおっしゃって……」

名刺をみた。私立探偵、川原誠《かわはらまこと》としてある。オフィスは神田の三崎町《みさきちょう》だった。妙な気がした。私立探偵なんぞに用件を依頼した覚えはないからだ。ひょっとすると社員の縁談の調査かな、と思った。それにしても、封筒の中身を見ろというのが変った注文であった。室戸は、血色のよい、いかつい顔に不審気な表情をうかべ、封筒を手にとった。

白い洋封筒には文字は書いてない。秘書が出ていくのを待ってペーパーナイフで封を切った。フランスの女流ハーピストが記念にくれた室戸自慢の品で、彼女のサインが刻んである。

なかには一枚の写真が入っていた。指先でつまみ出すと、老眼鏡の位置をなおしてから目を近づけた。一瞬、室戸は小さくあっと叫んだ。忽ち、禿げた頭のてっぺんまでが紅潮した。やはりそうだ、おれが疑っていたとおりだ、と思った。

写真はどこかの街頭におけるスナップだった。スプリングコートを着た妻の絹子が、室戸の知らぬ男と肩をならべ、むつまじそうに歩いている。横顔であるのと、カメラが少しぶれているためによくは判らないが、絹子はいかにも楽しそうに、微笑をうかべているかに見える。相手の男は齢のころ四十歳ぐらいであろうか、すらりとした長身で体つきがいい。恰好よくソフトをかぶっている。

室戸はとりたてて嫉妬ぶかいたちではない。だが、妻がこうした男性と歩いている現場を見せつけられると、ねたましさがふくれ上ってくるのを押えつけることは出来なかった。

室戸は、自分がぶおとこであることをよく知っていた。あぐらをかいた低い鼻と、刑事のようにとげとげした目つきとは、五十年来みなれているにもかかわらず、いまもって馴染《なじ》めなかった。鏡をのぞくたびに目をそらせたくなるほどだ。この醜い男のところに、通りすがりの人を振り返らせずにはおかないような美人の絹子が嫁いで来たのは、ただ贅沢《ぜいたく》な生活に憧れたからに他ならない。それを心得ていたからこそ、室戸も妻の我儘《わがまま》を黙認していたのだった。が、なんとしても不貞だけは許すわけにいかない。室戸はベルを押して秘書を呼び、探偵をとおすように命じた。

川原探偵は毛深そうながっしりしたタイプの男だった。顔が大きく、それに応じて肩幅がひろい。理知的にはみえないが、そのかわり腕力はありそうだった。室戸はすばやく服装に視線を走らせた。そしてこの男が上衣から靴にいたるまで上等のものを身につけているのを見てとると、満足そうに頷き、信用することに決めた。

「どうしてこの女が家内だということが解ったのかね？」

「蛇《じゃ》の道は蛇《へび》ですよ、簡単なことです」

「尾行をたのんだ覚えはないぞ」

「昨日の午後三時すぎに、偶然に目撃したのです。他の事件の調査でホテルの前に張り込んでいたときに、このご両人が出てきたわけです。ひと目みれば、よろめきさんだということは解ります」

自信のある調子だった。目を細め、にこにこして語っているが、いったん怒ると恐ろしい人相になる顔だ。

「知らぬは亭主ばかりなりではお気の毒ですからね。お知らせするのは私立探偵としての義務でもあり――」

「要するに儲け口をみつけたというわけだ」

「ウハハ、恐れ入ります」

大袈裟に頭をかき、にやにやしている。

「無理にお願いするわけではありません。しかし、もし探らせてみようとお思いでしたら、お電話を下さい。わたしは外出勝ちですが助手がおりますから」

それだけいうと勝手に立ち上り、コートを抱えてでていった。しばらくして秘書が電話をとりつぎに入っていくと、室戸是康は何事かしきりに考えながら、名刺のふちで机を叩いていた。

3

夕食のあと、絹子は紅茶にウィスキーをたらして飲むが、室戸はコブ茶に決めていた。塩分は血圧にわるいというのでほとんど塩気はない。

「いやにふさいでいらっしゃるのね。お仕事が旨《うま》くいかないの」

「いや」

絹子は、私立探偵が来たとは知るわけもないのである。赤味の勝った和服を着、いつもより浮き浮きした様子だった。長崎からとりよせたビワを喰べながら、品種改良をしてタネを小さくできないものかしら、などと呑気《のんき》なことをいっている。

「昨日、外出したね？」

「え？　ええ、したわ」

「何処《どこ》へいったんだ」

濡れた指をハンカチでふいた。銀のマニキュアがよく似合う、ほっそりとした指だ。

「どこって、デパートだわ。銀座と日本橋と――」

「ついでにホテルに行ったとなぜいわん！」

「あら、なにをおっしゃるのよ」

「これを見ろ！」

投げだした写真は果物皿のよこで反転して裏になった。

「見ろといってるんだ」

絹子は気を呑まれたように取り上げ、恰好のいい眉をかすかにひそめた。だが、ただそれだけのことだった。そこには、室戸が期待したような表情の変化はまったくない。

「天網恢恢疎《てんもうかいかいそ》にして漏らさずとはこのことだ。どうも怪しいと思っていたんだが、果たしてこのざまだ」

「ちょいと。はっきりおっしゃって頂きますわ。それ何のことでしょうか」

にわかに切り口上になった。居直った形であった。室戸は自制を失った。

「こんな確かな証拠がありながらしらを切るつもりか。貴様がこの男とホテルからでて来たのを目撃したものもいるんだぞ！」

「そんな大きな声をださなくてもいいわよ。だれがとった写真か知りませんけど、こんな男の人とホテルへ行ったなんてとんでもないいいがかりだわ。たまたま、歩道で肩が並んだだけのあかの他人よ。さもなければ合成した写真だわ」

「私立探偵が持って来たんだ、そんな逃げ口上はつうじやせん」

「解った。その人、ハードボイルドにでてくるみたいな悪徳探偵なんだわ。いい加減のスナップ写真をネタに、あなたから調査料をしぼり取ろうという魂胆なのよ。用心なさったほうがいいわ」

顔にも言葉つきにも、狼狽《ろうばい》した様子はまったく見せないのである。虚を突かれたのに平然としているところから考えると、彼女が主張するように、川原という男がトリック写真を造って持ち込んだのではないかという気もしてくる。

　室戸の怒りは萎《な》えてきた。

「あ、そうだった、忘れていたわ」

「なんだ」

「お饅頭《まんじゅう》を頂いたのよ。ご飯のあとだけど、一つぐらいは入るでしょ？」

「一つぐらいなら喰えるだろう」

　まだ吹っ切れぬ面持ちで、室戸は憮然《ぶぜん》として頷いた。その赭顔《あからがお》から、だれもが酒好きだろうと想像するのだけれど、事実は一滴ものめなかった。そのかわり、甘い物には目がない。オフィスの机のなかにも羊羹《ようかん》が入れてあるほどである。

「ついでにコブ茶を入れてくれんか」

　ぶっきら棒にいった。そして胸のなかでは、あの探偵を呼びつけて妻の尾行を命じてみようと決心していた。もう少し様子をみれば、絹子が不貞をはたらいているのか、それとも私立探偵がインチキ写真を持ち込んだのか、はっきりしたことが判るだろう。万事はそれからだ。

4

川原探偵がつぎの写真を持参したのは、そうしたことがあってから更に二週間ほどたった頃であった。

「なんだい、半月もかかってたった三枚しかとれんのかい」

皮肉をいってやると探偵は頭をかき、卑屈な追従《ついしょう》笑いをした。

「奥さまは用心をなさり始めましたな」

「ふむ、外出をしなくなったかな？」

「そうではございません。お出かけにはなりますが、わたしが申しますのは、忍者みたいに尾行をまくのが上手だということで」

「そんなことをやるのか」

「はあ。タクシーから降りてビルとビルの間に入ったかと思うと、裏通りで、ほかのタクシーに飛びのったり……。婦人用の化粧室に入ってべつの出口から逃げ出すという手もお使いになります」

「そんなトイレがあるのか」

「はあ。銀座のホテルと日本橋のデパートにございます。わたしは三十分あまり待っていて、してやられたことに気づきましたよ」

「失敗談は自慢にならんよ」

「これは手厳しい。アハハハ……」

目を細め、陽気に笑ってみせた。

「奥さまが一緒に写っていた男のことを、咄嗟に、街角ですれ違った他人にすぎないといった逃げ口上は巧《うま》いものですな」

室戸はそれには答えずに、むっつりとした顔で一枚の写真をとり上げた。例のソフトをかぶった長身の男が、デパートの靴売り場らしいところで靴を買っている場面であった。

「これは八日前の午後四時頃のことです。奥さまはこの男をお連れになって靴を買っておやりになりました。あとで靴売り場に電話してご覧になれば確かめられると思います」

「なるほど、いい男だな。家内が夢中になるのも無理ないね」

探偵の前だからつとめて平静をよそおっているが、胸の奥はそうではない。今夜こそは白状させ、二、三度ひっぱたいた上で叩き出してやろうと思う。

「いいえ、美男だなんて飛んでもない。気障な男でございますよ。早い話がですね、女性から靴を買ってもらうなんて見さげ果てた意気地なしではありませんか。男ならば、逆に相手にプレゼントすべきだと思いますが……」

「うむ、きみがいうとおりだ。どうせ碌《ろく》なやつじゃあるまいよ」

室戸はそう答えてわずかに溜飲《りゅういん》をさげた。

あとの二枚は公園のベンチで語っているところと、噴水の前に立っているところである。どちらも人物ははっきりと写っていた。これを突きつければ、絹子は恐れ入って沈黙する他はあるまい。

だが、夕食のあとでこの写真を見せられた絹子は、逆に私立探偵の卑劣なやり方を突いて憤慨した。

「妻のいうことと、どこの馬の骨だか知れない私立探偵の報告と、どちらを信用なさいますの？」

「また合成写真だという気か」

室戸はいかつい顔をさらにきびしくして、語気をつよめた。

「そうですわよ、合成写真に決ってるじゃありませんか。この男の表情をみたら解りそうなものですけど、わたしがすました顔をしているのに反して、男のほうはどれも笑っているでしょう。表情がちぐはぐよ。べつのときに写した男の写真を貼りつけるんだから、こんな工合になるんですわ」

「…………」

「ねえ、お願いだからその探偵に会わせて頂戴。白状させてやるから」

「ふむ」

「それに、この薄馬鹿みたいな男も男だわ。どれほど報酬をもらったのか知らないけど、いい齢をしてこんな真似するなんて見下げはてた根性よ。どうせ、使い物にならなくなった男性のファッションモデルでしょうけど」

室戸は先程の見幕を忘れたように、曖昧《あいまい》に相槌をうっていた。指摘されて気づいたのだけれども、いかにもふたりの男女の表情は喰いちがっていた。その点から判断すれば、合成写真だという絹子の説を一概に否定することもできないのである。

あの探偵が帰ったあと、室戸はただちにデパートの靴売り場に電話を入れてみた。が、そのようなふたりづれの客が靴を買った記憶はあるけれども、八日も前のことなのではっきりしないという返事だったのだ。といって、川原探偵がいい加減の写真を持って来るとも思われないのである。室戸はどちらを信じていいか解らなくなった。

「おい、瓦煎餅《かわらせんべい》があったろう。だしてくれ」

「存じません。あたし嫌です」

いつにない断乎《だんこ》とした拒否の姿勢であった。

「絹子！」

「ご自分でおだしになればいいでしょ」

飲みかけの紅茶をおいてでていく後ろ姿を、室戸は呆然と見送っていた。

翌日の午後になってようやく川原と連絡をとることができた。社員にきかれると工合がわるいと思い、わざわざ外にでて電話をかけたのである。

「失礼しました。他にも二つばかり仕事を抱えておりますもんで、どうも……。で、ご用というのは何でしょう？」

「あの男の正体をつきとめてもらいたいのだ」

「は」

「家内は例によってきみのトリック写真だといっておる」

「それはそれは……」

「男の住所氏名と職業、それから年齢だとか妻子の有無だとか、とにかく調べられるだけのことを調べて欲しい。いいな？」

いうだけのことを喋ると返事も待たずに通話を切った。室戸はこのところずっとむしゃくしゃしている。早くかたをつけてさっぱりとした気持になりたかった。

5

連休明けのホテルはすいていた。

窓際に立つと、濃緑《こみどり》の木の葉をとおして芦《あし》ノ湖《こ》が見おろせた。まだ季節でもないのに、ボートに引かれて波乗りをたのしむ若者がいた。先導のボートに赤い服の女がのっており、後ろをむいて手を振っている。エンジンの響きにまじってその女のはしゃいだ声が聞えてくる。ラジオの音を絞ったときのように、小さいけれどもはっきりした声であった。

「……しずかだわね」

「いいホテルだ。もっと頻繁《ひんぱん》に利用してもよかったかな」

伝平と絹子の会話も囁くような声であった。

あの日以来、ふたりはつとめて逢う機会を減らしていた。辛いことはいうまでもなかったけれど、伝平と絹子との間に関係のあることを知られては万事がぶち壊しになる。だからふたりは逢いたくてたまらなくなると、別々の乗物で東京をはなれて見知らぬ土地へ赴いた。遠いところでは仙台の青葉城のそばのホテル、大津の琵琶湖のほとりにある旅館などに泊ったこともある。ふたりともあまり旅をしたことがなかったから、情事の楽しさのほかに旅することの楽しさも加わった。彼らはそれを〝遠征〟と呼ぶことにしていた。

「箱根では遠征のうちに入らないわね」

「隣の県だからな。もう一つ先の県へいかないと、遠征したって気持にならないね」

「ねえ」

と、絹子は男の指をまさぐった。

「私立探偵の正体があなただってことを知ったら、室戸はびっくりするでしょうね」

「驚くよりも口惜しがって大変だろうな。二つに重ねてちょん切られてしまうよ」

幅のひろい肩をゆすぶると、伝平は明るい声をたてて笑った。大学時代は髭《ひげ》を生やし、紋付の羽織を着て応援団長をやっていた。頭のなかは空疎だったが腕力だけは人一倍つよく、それがまた何よりの自慢であった。彼の豪傑笑いはその頃からのトレイドマークのようなものだった。

彼が私立探偵に化けて室戸に接近したのは絹子の入れ知恵だが、そこにはいくつかの理由があった。その一つは、そうすることによって室戸が他の私立探偵に尾行を依頼しなくなり、ひいては絹子と伝平の秘密が安全にたもてるのである。その二は架空のよろめき相手を登場させるきっかけが生じて、その結果、室戸の目をあやまった方角へ向けさせることが出来る。川原探偵はますます信頼されるようになるというのが狙いであった。ではなぜ信頼されることが必要なのか。伝平の究極の目的は室戸を人目にふれぬ場所へさそい出して殺害することにあるのだが、そうするためには、室戸の信用を絶大なものにしておくことが前提条件となるのだった。

「おれにも演技力があるなんて案外だったな。このぶんだと映画俳優になれると思ったね」

「そりゃそうよ。映画は歌舞伎とは違うんですもの、心臓さえつよければいいのよ」

「そういえばきみのよろめきの演技も相当なものだったな」

と、思い出したようにまた声を上げて笑った。計画は着々と進行している。やがて億という金が入ってくることを思えば、ついうきうきした気持になってしまうのだ。

「あの不動産屋もすっかり騙されたじゃないか。きみのことを、我儘な二号さんだとばかり信じ込んでいた」

写真にとられていた男は不動産屋だったのである。気まぐれな金満家の夫人らしく振舞って、靴を買ってやったこともある。

「周旋屋にしては珍しくハンサムだったでしょう、結構たのしかったわ。尾行している探偵さんの顔ったらないの。妬《や》けてこんがりと狐色になっているじゃない」

「だからさ、きみの芝居は大したものだといってるんだよ。もっとも、先方にすれば美人のお相手をして毎度チップをたんまりもらうんだから、これまた結構なお客さんだと思ったろうな。どの家を案内してやってもイチャモンつけられるが、いやな顔をしたことがなかった」

「人がよくて好男子で、ほんとに周旋屋なんかには勿体《もったい》ないと思ったわ。だけど、靴が貧弱だった」

「刑事だとか不動産屋なんてものは、靴をみりゃ判るんだとさ。だが、あんないい靴を買ってやるには及ばなかったと思うな」

「やっぱり妬いてる」

女は含み笑いをしながら、男をベッドにいざなうと並んで腰をおろした。

「ところでもう一つ計画があるの。室戸の遺産を独り占めしたいと思わない?」

「儲かることなら異論はないけど、そんな真似ができるのかい?」

「できるかいって、なにもそう難しく考えることはないのよ。一郎を犯人に仕立てりゃいいんだもの」

一郎というのが先妻の子であることはきいている。ふだんの口吻から、絹子が彼に対して愛情らしい愛情もいだいていないことは察しがついていた。

「しかし……」

「たやすいことよ、現場に一郎の所持品をおとしておけばいいの。あたしが手に入れるから、委《まか》せておいて」

「だって、一郎君がきみを殺したというならわけも解るけど、血のつながった父親を——」

「そうじゃないのよ。あの人は先妻の連れっ子なの。室戸と血なんてつながってやしないんだわ。目下は定職もなくてグレているの。しょっちゅうお小遣いをせびりに来て主人と喧嘩してるのよ」

「漫画をかいてたって話じゃないか」

「ひと頃はね。しかし児童物の漫画家というのは売れっ子になるのも早いわりに、飽きられるのも早いのよ。おとな物の漫画家みたいに定着した人気をもつのは難しいらしいわ」

「そんなものかな」

「合作すればいいのよ。集団でやれば知恵もうかぶんだけど、あの子は偏屈《へんくつ》なものだから、仲間同士でいっしょに仕事をするなんてことはできないの。相模湖《さがみこ》のほとりに一人住いしてこつこつ書いているんだけど、あれではアイディアがでなくなるのも当然だわよ」

「漫画もマスプロの時代なんだな。家内工業では太刀《たち》打ちできないというわけか」

「そんな話はどうでもいいわよ。ここからが仕事のお話になるの、よくきいて頂戴。あなたは室戸を相模湖の近くに誘い出して殺すわけ。一郎を犯人に仕立てるためには、それがいちばん効果的なのよ」

「だが、たまたま一郎君にアリバイがあるとまずいな」

「だからアリバイを潰しておくのよ」

「潰す……？」

「あなたが一郎の家に電話をかけて、児童雑誌社のものだが連載をお願いしたい、今夜お訪ねするが都合はどうかと訊くのよ。あの子、注文がこなくてしょぼくれてる折だから、大感激だわ。ウィスキーにサラミソーセージかなんか買って、ひとりぼっちでひと晩中あなたを待ってるわよ」

「糠《ぬか》喜びさせるのは気の毒だね」

「なにいってんのよ。人殺しの罪を負わせることに比べれば、騙すぐらいなんですか」

その冗談が自分でも気に入ったらしく、絹子は男の膝をパジャマの上からぽんと叩くと、細い身をよじってけたたましく笑った。

6

伝平はその後もひきつづいて神田の貸事務所を借りておいた。事務所といえば聞えはいいが、例の、大きな部屋にたくさんの机を並べ、それを一つずつ月極めで貸す仕組のものである。利用者にはまじめな人間も多い。しかしなかには、池下のようないい加減な連中もまじっていた。女の子にチップをはずんで要領さえ呑み込ませれば、電話が鳴るたびに、いかにもその社員みたいな応答をして客を欺《だま》してくれるのだった。

池下がそこに顔を見せたのは初めの一度きりであった。事務所の人間に人相を覚えられては、いざという場合に不利になるからである。そのかわり、夕方になると必ず電話を入れた。

「今日も室戸さんからかかってきたわ。あの男の正体はまだつかめないのか、って」

〝女子社員〟は毎度おなじ報告をくり返した。

伝平は通話を切り、あらためて室戸音楽事務所のダイアルを廻した。

「いや、解っとります。じつは只今《ただいま》もお宅の前に張り込んでおるのですが、奥さまはすっかり慎重になられましたですな。昨日もおとといも、そのまた前の日も、わたしは立ちつづけです。奥さまが逢い引きをなさらないと、あの男も現われないというわけで、どうにも手の打ちようがありません。ま、もう少しご辛抱をお願いします。しかしなんですな、ご主人のほうもリラックスな態度をおとりになって、油断をするというかスキをみせるというか、とにかく奥さまにチャンスをあたえるように協力して頂けますと助かるのでございますが。はい」

喋りながら、伝平はほんとうに自分が私立探偵ででもあるような錯覚をおこしてしまうのだった。くる日もくる日も他人のゼニで小豆相場を張っているよりも、私立探偵になれたらどれほど生き甲斐があるだろうと思う。

絹子から一郎の所持品をわたされたのは、箱根のホテルで密会した六日後であった。ビニールの袋に、妙なうす緑色をした塊りが入れてある。

「なんだい、これ」

「ガムよ。あの子の唾液がたっぷり混っているの。だからこれを屍体のズボンかなにかにくっつけておけば、あの子が疑われることは間違いないわ。事件当夜は自宅で雑誌社の人を待っていましたなんて主張したって、証人がいないんだもの、信用されやしない」

「ふむ」

「親爺なんかと会った覚えはないといい張るでしょうけど、ガムがついているんですからね、もう絶対よ」

「ふむ」

「あなたはこれをポケットに入れておくの。室戸をやっつけたあと、体温でやわらかくなっているのを取り出して、巧いこと屍体につけるのよ、いいこと？」

彼女はしきりに屍体という語を用いた。頭のなかでは、すでに室戸は殺されて冷たくなっているに違いなかった。

掌にのせた緑色のガムのかすを見つめているうちに、伝平の体のなかを一筋の戦《せん》慄《りつ》が走りぬけた。それは、いつか夏の終りの海でクラゲに刺されたときの痛烈なショックに似ていた。

「一郎の古靴も持って来たわ」

「靴？」

「雨の日だとあなたの靴跡がのこるじゃないの。そこから足がついたら大変だわ。だから、これをはいて行くのよ。一郎も大足なの、サイズが合わないということはないと思うんだけど」

片足をはめてみたがどうやら入る。

「翌日、あたしが用事にかこつけて一郎の家を訪ねると、こっそり下《げ》駄《た》函《ばこ》に戻しておくの。これであの子が犯人であることは確定的よ」

頭がいいでしょう、といいたげに首をかしげ、にんまりと微笑している。伝平も笑顔を返そうとしたが、それはぎごちない不自然なものになってしまった。絹子の悪知恵に圧倒されていたのだ。

「だから、屍体がすぐ発見されたのでは工合がわるいのよ。少なくとも、あたしが靴を返しにいく余裕がなくてはね」

「解ったよ、その点は委せておいてくれ」

伝平は押され気味で頷いた。

翌日の午後、相模湖町に住む一郎に電話をかけた。架空の雑誌社の名を告げ、あたらしい児童雑誌を発刊することになったからという口実で仕事の依頼をした。

「作品に対する注文もありますし、画料の件でご希望も伺いたいのでお訪ねします。まだ編集部がごたごたしておりますものですから、ひょっとすると夕方か、場合によってはもっと遅くなると思いますが、お差支えございませんですか」

「ああ、構わん。列車がなくなったら泊っていけばいい」

一郎の口調には迎合するようなところが少しもない。むしろ横柄ですらあった。痩せても枯れても、金持の息子はやはり違うなと思った。一郎とは違って伝平は百姓の倅である。親からゆずられたものといえば、頑健な体だけなのだ。

夕方になるのを待って、室戸是康をさそいだすために音楽事務所に電話を入れた。これからが一段と演技力を必要とするのである。伝平は厚い唇にしめりをくれた。

「いま相模湖に来ているんですが、奥様が例の男と旅館に入ったばかりです。急いでお出でになりませんか。今度こそ現場をとり押えて――」

伝平は新宿駅からかけているのだった。目の前の広場のむこうに、音楽事務所のあるビルが小雨にけぶって見えていた。

「相模湖のどの辺だ？」

「ご案内します。わたしは八王子駅のフォームに出ておりますから。そう、電車はいちばん後ろの車輛にのって下さい、いいですね？」

相手に考えるゆとりを与えぬよう、早口でまくしたてた。

「よし、すぐに行く」

室戸もつり込まれたように即答した。
・まず第一の関門はパスしたことになる。伝平は先方の気がかわらぬうちにそそくさと受話器をかけた。そして鞄のなかから一郎の靴をとりだしてはき替えると、ひと足先に電車で八王子駅までゆき、フォームに立ってつぎの甲府行の各駅停車が到着するのを待った。
指定したとおり、最後尾のデッキに室戸の禿げた頭が見えた。伝平は手を上げて合図をし、走りよって乗り込んだ。ラッシュアワーになっているので車内はかなりの混みようであった。

「間に合うかな」

「大丈夫だと思いますね。わたしの経験から申しますと、わざわざ遠出した場合、たいていのカップルはゆっくり腰を落ちつけるものです。時間と足代をかけてやって来たのだから、そのぶんを楽しまなくては損だという心理的な計算がはたらくのでしょうな」

「ふむ」

「奥さまは何といってでかけられたのですか」

「小学校時代の先生の謝恩会があるといいよった」

「よくある口実ですな」

「うむ。見ておれ、姦夫姦婦《かんぷかんぷ》に吠《ほ》えづらかかせてやる」

口をゆがめてにやりと笑い、それきり室戸はものをいわなかった。そして左手で吊革《つりかわ》にぶらさがりながら、もう一方の手をレインコートのポケットに入れると、菓子らしきものをつまみ出しては口に運んでいる。よく見ると鶉豆《うずらまめ》の甘納豆であった。甘いものが苦手の伝平は、いい齢をして菓子を喰っているこの男を呆れ返って眺めていた。

二十分余りで相模湖に着いた。改札口をぬけ、明るい国道を横断すると、すぐ横道に入った。伝平は人目につかぬようにして二度ほど下見に来ている。夜だからといって道を間違えるようなことはなかった。

ふたりは、草むらのなかをうねうねとつづいているその道をたどった。雨は止んでいたが、あたりは暗い。伝平の懐中電灯の光が唯一のたよりであった。右手の湖水は無気味にしずまり返っている。

「どこだい、その旅館というのは？」

「あそこですよ、ほら、螢光灯が五つばかり光っているところがあるでしょう」

「螢光灯？」

頸をのばしたその瞬間、伝平の右腕が巻きついた。大事な服を汚したり破いたりしないためにも、この方法がいちばんだった。

室戸は意外に力があった。伝平の腕をほどこうとして必死にもがいた。喉を鳴らし爪をたて、足で蹴ろうとした。しかしそれは極めてみじかい時間であった。急にその反抗がやんだと思うと、腕にかかる彼の体重がぐっと増してきた。それでも伝平はしめ上げる力をゆるめようとしなかった。

二分もたったろうか、腕をほどくと、今度は両手を屍体の脇の下に入れて支えておき、そっと周囲の闇をすかして見た。人の近づく気配はない。伝平は屍体をひきずって三百メートルばかり進むと、左手の雑木林のなかに入っていった。そこも、下見に来たときに目星をつけておいた場所だった。滅多に人は入らないだろうし、したがって殺人には恰好の場所なのである。

体力には自信があるはずだ。しかし気を張りつめていたせいか、意外に息切れがした。伝平はひたいににじんだ汗をふき、しばらく呼吸をととのえておいてから、おもむろにゴムの手袋をはめ、ビニール袋のガムを取り出した。ゴム手袋をはめたのは、チューインガムに自分の指紋をつけぬ用心のためである。

ガムは、絹子が語ったように伝平の体温ですっかり軟かく、扱いやすい状態になっていた。これを指でつまむと、室戸のレインコートの背中にくっつけた。他日屍体が発見されたとき、それを見た刑事達は、一郎が吐き捨てたガムの上に室戸が倒れたものと、そう想像してくれるに違いなかった。

7

「あら、やはり池下さんだわ。珍しいじゃないの」

上りの新宿行の列車のなかで声をかけられた。朝倉良子《あさくらよしこ》という顔見知りのホステスだった。二度ばかりアパートに泊ったことがあるから、人違いだといってごまかすわけにはいかない。伝平はどぎまぎし、そっと舌打ちをした。まずいことになった。

「松本が郷里なのよ。親孝行しに帰ってきたの」

「殊勝な心掛けだな、見なおしたよ。これからご出勤かい？」

「マスターがうるさいんだもん。今晩いかが？　お暇だったら一緒にいかないこと？」

「行きたいとは思うんだが、生憎《あいにく》なことに今夜は会があるのさ。これから顔を出さなくてはならないのだ」

時計をみた。七時をすぎている。

会があるといったのは嘘ではない。六時から十時まで、池袋の中華料理店で大学時代のクラス会があるのだった。ずっと前に出席の通知を投函してしまったから、いまさら出ないとはいえなかった。

新宿で良子と別れると、山手線で池袋に廻った。伝平の顔色は冴えなかった。とんでもない女に会ったものだ。ひょっとすると、相模湖駅から乗車するところを窓から見ていたかも知れない。もしそうだとするならば、これは頸に縄をまきつけられたのと変らなかった。にわかに脚の先から寒気が這い上ってきた。

池袋駅で下車すると、絹子を電話口に呼びだした。

「巧くいったよ」

「よかったわ。こちらはお客さんと麻雀してるの」

人の気も知らないで朗《ほがら》かな声である。

「ところがまずいことが起こった。帰りの電車のなかで、知ってるやつと顔を合わせてしまったのだよ」

「まあ……」

しばらく沈黙がつづいた。伝平は心配することはないのだといって受話器をおき、料理店のほうへ歩いていった。途中で酔漢と鉢合わせをして怒鳴られ、さらに車道を渡ろうとして轢《ひ》かれそうになり、タクシーの運転手に怒鳴りつけられた。

会の出席者は十一人だった。いつもに比べると寥々《りょうりょう》たるものだが、各人がそれを意識しているのか、逆に賑やかであった。そこここで絶えず笑い声が起きている。

「遅いぞ、どうした？」

と幹事役の館山慎吾《たてやましんご》がいい、女中に料理の追加を命じた。だれもが赤い顔をてかてかさせている。一年見ない間に髪のうすくなったのがいた。白髪の目立ったものもいた。

伝平は一向に酔えなかった。空腹なはずなのに、料理がちっとも旨くない。しかし妙に勘ぐられてはつまらぬと思い、つとめて呑み、箸を動かした。ただどう努力しても、陽気に振舞うことは出来なかった。十一人の仲間のなかで自分ひとりがぽっかり浮き上っている感じだった。そしてなにかの拍子に、朝倉良子のことが思い出されてくるのである。

まずいことになった！　と後悔する。絹子にはアリバイがあるからいい。だがおれにはアリバイがないのだ。疑惑の目でみられたら、それを払いのけることは不可能なのである。良子と遭ったことは致命的だ、と思う。いまさら口止めをしても間に合うまい。店の仲間達に喋っているに違いないからだ。

「おい、どうした、呑めよ」

レコード会社の課長になった男が銚子を持って立っていた。

「いや……」

「カアちゃんが恐いんだとよ」

だれかが半畳《はんじょう》を入れた。

「へえ、往年の応援団長がね。齢はとりたくないもんですな」

女房に逃げられたことはだれにも知らせてない。嗤《わら》われるだけだからだ。

小一時間もいただろうか、これ以上蒼い顔をして坐っていると、怪しまれるもとになりかねなかった。九時になったとき立ち上った。

「失敬する」

「え？」

「用事を思い出したんだ」

下手な嘘をついた、と自分でも思った。いっせいに笑い声が起こり、幹事の館山がセロファンの袋をぽいと抛《ほう》ってよこした。ずしりとした感触に目をおとすと、これも甘納豆であった。《おみやげ、森製菓謹製》としるした二色刷りのレッテルが入っている。

「これで奥方の機嫌をなおすんだな」

またどっと笑い声が上った。伝平は袋をポケットに入れて階段をおり、雨を吸って重たくなっている靴をはいた。一郎のものではなく、すでに、自分の靴にはき替えている。

頭をたれ、考えながら歩いていた伝平は、駅の前まで来たときにふいに歩みを止めた。素晴しい思いつきがひらめいたのだ。それは天の啓示といってもよかった。いつもの海綿《スポンジ》みたいな彼の頭では決して考え出せる筈のないアイディアであった。

伝平はコートの上からそっとポケットの菓子の袋を押えてみた。

伝平が思い出したのは、殺される直前まで室戸が甘納豆を喰っていたことだった。それも、鶉豆の甘納豆である。ところで、いま館山からもらった土産もまた、鶉豆の甘納豆なのだ。小豆と鶉豆、あるいはグリーンピースと鶉豆の甘納豆ではひと目みれば相違に気づくだろうが、おなじ鶉豆の甘納豆では両者の間に違いがない。

室戸のコートのポケットには、鶉豆の甘納豆の袋が入っているはずだ。明朝はやく、その袋と、このセロファン袋入り森製菓の甘納豆とをそっと取り替えておいたらどうなるだろうか。やがて屍体が発見されれば当然司法解剖ということになる。係官が胃のなかの甘納豆とコートのポケットの甘納豆とを結びつけて考えるであろうことは、いうまでもなかった。

絹子と彼との関係を知るものはないはずである。しかし、もしそれが刑事の耳に入って訪ねて来たとしても、伝平はなにも恐れる必要はないのだ。

来訪した刑事に、彼はこう答える。

「じつは、事件のあった夜の九時すぎのことですが、新宿駅の地下道であの人とすれちがったのですよ。以前、奥さんが小豆相場に手をだされたとき、ご主人には二、三度お会いしましてね、だから顔を知ってたのです」

「ふむ」

刑事は探るような目つきで見るだろう。

「どちらへと訊くと、相模湖だとおっしゃるんです。てっきり息子さんのところへ行かれるんだと思いました」

「ふむ」

「そのとき、友達からもらった甘納豆を持っていたもんで、室戸さんが大の甘党だということを知ってましたから、差し上げました。いつもならそんな失礼な真似はしません。でも、あのときはわたしも酔っていたんです。室戸さんは喜ばれて、ありがとうとおっしゃいました。え？　わたし？　いえ、わたしは左党です、甘い物なんて大嫌い」

「で、率直にうかがいますが、甘納豆を進呈したのち、あなたは室戸氏の後をつけていって殺したんではないですか。被害者の奥さんとは相当ふかい仲になっているというが……」

「わたしを疑うなんてとんでもない。ちょっと工合が悪いが、別れた直後に、西口を出たところにあるホテルへいって女と泊りました。嘘かどうか、その女にでもボーイにでも訊いてみて下さい」

ひと晩中ホテルで寝ていれば、相模湖まで往復しなかったことは明白である。しかもこの甘納豆の袋には館山幹事の指紋がついているから、伝平の言葉が事実であることは否定できない。いざとなればクラス会に出席した全員が口をそろえて証言してくれるだろう。こうしておれには確固としたアリバイが成立するのだ……。伝平は幾度となくそのアイディアを心のなかで検討した。そして新宿駅を出ると街角に立っている女を拾い、ホテルで一泊した。

翌朝は早く目をさますと、眠くてぶつぶついっている女を残して部屋を出た。書類をとりに家に帰り、それから出勤しなくてはならないという口実であった。勿論、行先は相模湖のほとりである。

運のいいことに、湖上に発生した朝霧がゆるやかな風にのってあたり一面に漂っていた。伝平の姿はだれからも目撃される心配がないのである。まず、室戸のコートに手を入れて甘納豆の紙袋を引きだすと、それを自分のポケットにおさめた。つぎに、幹事からもらったセロファン袋をとりだして封を切り、中身の三分の二ばかりを掌にあけて、これは自分のポケットにもどした。そして残り三分の一が入っているセロファン袋に屍体の指紋をつけておき、室戸のコートに押し込んだ。

帰途、残余の甘納豆を新宿駅の屑籠《くずかご》に捨てた。これはその日のうちに集められ、焼却されてしまう。物証として当局の手に落ちるようなことは絶対にないのだ。

8

その日の正午に、絹子と有楽町の喫茶店で落ち合って、靴の包みを返した。最初のうちは心配そうな面持ちだった絹子も、あらためて精しくアリバイ工作の説明を聞くうちに安心してきたらしく、次第に愁眉《しゅうび》をひらいた。

「悪いひと。早速浮気をして……」

テーブルの下で太腿をつねられ、伝平は小さく悲鳴をあげた。

「いざとなると、知恵が出るものね」

「背水の陣というやつだな。どたん場に立たされると何とかなるもんだ」

と彼は得意だった。

梅雨は中休みになったのか、午後からからりと晴れ上って、外はまぶしいくらいだった。店のなかでサングラスをかけていても、べつに不自然にはみえない。それが絹子を平然と振舞わせ、伝平もつられてよく笑うようになった。

「屍体はいつ頃みつかるかしら」

「そんなに遅くはなるまいと思うけどな」

「今朝、会社に電話しておいたのよ。主人が帰らないけど、どうしたのだろうかって」

「屍体がみつかれば、今度は悲嘆にくれるお芝居をしなくてはならない。まあ、せいぜい上手にやってくれ。この難関さえパスすれば、あとはわれわれのものだからな」

ふたりとも、もう億万長者になった気でいた。すぐあとに意外なカタストロフィが大きな口を開けて待っていることには、気づくわけもなかったのだ。

「そろそろレストランもすいた頃だわ。知っているお店があるの、上等なワインをおいているのよ」

ブドウ酒は祝盃のつもりなのだろう。甘い酒にはさして興味はなかったが、そういう意味なら喜んで呑もうと思った。外にでると、肩をならべ、寄りそってゆっくり歩いた。否定することのできぬアリバイがある以上、なにも恐れるものはない。たといふたりが歩いているところをだれかに目撃されたとしても、一向に平気だ。そうした考え方が伝平たちを大胆にさせた。犯罪者にありがちなじめじめした翳《かげ》は、どこにもなかった。

有楽町のそのあたりは、商店がまとまりを欠いた雑然とした並び方をしていた。そば屋とすし屋にはさまれてアクセサリーの専門店があったり、歯科医院と中華料理店と性病の診療所が隣り合ったりしている。伝平と絹子は一つ一つのショーウィンドウに目をやりながら、のんびりと脚をはこんでいった。ゆっくり行けば、それだけレストランの混雑は緩和されるはずだ。

「よう、池下君じゃないか」

声をかけられたのはプラスチックの模型店の前であった。飾窓のなかではゴジラが国会議事堂をふみ潰している。

ふり返ると、それは銀座で文具店を経営している塩尻《しおじり》という男だった。昨夜の会にも出席していた十一人のなかのひとりで、酒は一滴も呑めないくせに、酒席の雰囲気が好きだという変り者でもあった。

「やあ奥さんですか、はじめまして。池下はひどい男でしてね、学生時代に試験の答案をみせなかったというわけでわたしをぶん撲ったことがあるんですよ。あのときのタンコブがまだ残ってる」

頭のてっぺんを撫でている。学生の頃からおっちょこちょいで、薄っぺらな男であった。

「いやきみ、家内じゃ――」

「いやいや、奥さんのお腹立ちはごもっともです。だからあとで館山を叱りつけたんですよ。池下をやっつけるのは構わんが、奥さんまで巻き添えにするのは怪しからんといってですなあ」

「おいおい、何のことといってるんだ」

と、伝平はもてあまし気味に訊いた。絹子が美人なものだから、塩尻はすっかり調子づいているようだった。

「何って、あの甘納豆のことさ。奥さん、喰べなすったでしょう？」

「喰べなかったよ。新宿駅の地下道で知っている人に会ったもんだから、進呈してしまったんだ。そりゃ家に持って帰れば家内もよろこんだろうが、なにしろぼくも酔ってたからね。酔うと気前がよくなるたちなんだよ」

「やっちまった」

塩尻はぽかんとした表情になった。ふだんでも顔が長いから、口を開けるといっそう間のびした馬面になる。

「そりゃいかん、まずいことになった」

「まずいこと？　なぜだい」

と、伝平は思わず聞き咎《とが》めた。

「だってさ、あれは館山が面白半分に買って来たものなんだ。実物そっくりに出来てるけど、プラスチックの玩具《おもちゃ》なんだよ」

「うッ」

伝平は異様な叫びをあげたきり、あとの言葉がつづかなくて、ただ、喉をひくひくと痙攣《けいれん》させていた。そういわれてみれば、デパートの売り場で、本物の菓子と間違えるようないたずら玩具を見かけた覚えがあった。ケシの実をふりかけた餡《あん》パン、砂糖をまぶしたドーナツ、海苔《のり》をまいたかき餅。あの甘納豆もまたそれとおなじような玩具だったとは……。伝平の腕にかかえた靴の包みが、どさりと辷り落ちた。

絹子も蒼白になっていた。歩道の敷石がぽかりと陥没して、そのなかにめり込んでいくような気がした。レースの手袋をはめた指でひたいを押えると、小さく呻いてふらふらとよろけた。

「奥さん、奥さん……。おい池下、どうしたんだ、おい！」

塩尻は交互に伝平たちを見、ただ狼狽するだけだった。三人の奇妙な男女を、しかし多忙な通行人達は無視して通りすぎていった。

尾行

1

一刻の歓《かん》をつくしたあとの別れは、篠田平馬《しのだひらま》にとってじつにいやなものであった。殊《こと》にそれが雨や雪の夜ともなると、このまま泊っていけたらどんなにいいだろうと思う。青山南町《あおやまみなみちょう》から杉並方南町《ほうなんちょう》までは地下鉄を利用しても小一時間はかかるし、家には痩せて険《けん》のある目をした妻がいる。結婚して十年ちかくになるけれど、その当初から、愚痴をこぼすか嫌味をいう以外には口のききようを知らぬ女であった。

その夜もいつのまにか氷雨《ひさめ》になっていた。はじめから降っていたなら寄らずにまっすぐ帰宅しただろうに、宵のうちは星さえでていたのである。

「大変だわねえ」

靴下をはいていると、口紅をぬりなおした奈美江《なみえ》がかたわらにひっそりと坐って、思いやりのある口調で言った。

「湯冷めをしないように気をつけてね」

「大丈夫だ、そのために冷水摩擦をやっているんだから」

「ねえ、奥さんに知られたらどうなるの？」

平馬の妻の話になると、奈美江の受け口の愛らしい顔はいつも曇ってしまう。

「家内はね、ぼくを浮気一つできない甲斐性のない夫だと思って軽蔑しきっているんだ。むしろ、きみという女性のいることを知らせてど胆《ぎも》をぬかせてやりたいくらいだ」

「勝気だから、心にもないことを態度におだしになるのよ。世の中に、浮気をされて平気でいられる妻なんて考えられないわ」

こうした女性には珍しく、奈美江は自己の立場をはなれて客観的にものを言うことができるたちだった。平馬が魅かれた理由の一つがそこにある。

篠田平馬は国立大学卒の三十七歳。篠田家の同族会社である西《にし》光学の企画部次長をしている。故人となった前社長に懇願《こんがん》されて婿《むこ》養子となったのが十年前の二十七歳のときで、そのときから重役のイスは約束されたようなものだった。独り娘の鷹《たか》子《こ》は目鼻立ちのきりりとした、見るからに勝気で聡明そうな、化粧映《ば》えのする美人である。本来ならば同輩の嫉視《しっし》のまととなるはずのところを逆に同情の囁きをもって迎えられたのは、鷹子が気位ばかりたかくて女らしい優しさをひとかけらも持っていなかったからだった。出世コースにのる乗車切符はあきらかに社長の反対給付であった。

「ま、用心はしているさ。一年も前から寝室をべつにしているんだ、寝言にきみの名を呼んでも咎められるおそれもない」

平馬はわざと声をたてて笑ってみせた。が、本当のところそうのんびりと構えていていいかどうか、自信はない。つねに神経を張りつめている女であるだけに、勘がするどい。いままではどうやら隠しおおせてきたけれど、今後もこの状態がつづくという確信は持てないのだ。笑い声に、虚ろなひびきがまじっていた。

「ねえ、もし判ったらどうなるの？」

「そうだな」

と、平馬も手の動きをとめて、色白のふっくらとした顔を女にむけた。眉のあいだのせまいのが難だが、切れ長の深い色をたたえた目がその欠点を救っている。

「夫婦のあいだの愛情はとうの昔に冷えているんだし、子供もないからね、容赦なく叩き出されるだろうな。会社にも居辛くなるな」

「気をつけて頂戴。お願い」

「いやに心配するんだな、なにかあったのかい」

「おひるのテレビドラマで見たのよ。よろめきがばれてしまって、旦那さんが奥さんにじわじわ復讐されていく筋なの。こわかったわ」

「馬鹿だな、ドラマ作者の空想と現実とを混同するやつがあるかい。いらぬ心配をすると小皺《こじわ》がふえるぜ」

やわらかに頬をつっ突いてやると、奈美江はうるんだ眸《ひとみ》を上げて男を見、無理につくったような微笑をうかべた。

「ぼくだって路頭にまようようなことにはなりたくない。気をつけているから大丈夫さ」

自分にも言い聞かせるように呟《つぶや》いて立ち上がり、靴をはいた。

「ずいぶん降っているらしいわね」

たたきにおり立ってオーバーの肩のあたりを払いながら、小柄の奈美江は耳をすませるように宙をみた。

「ひどい降りらしいわ。でもお傘は女物ばかりだし、貸して上げるわけにもいかないわね」

「そんなものをさして帰ったら一大事だよ」

平馬は冗談めかして笑い、ポーチにでた。そして奈美江とみじかい挨拶をかわすと、ポケットに両手を入れて、うつむき加減に雨のなかへ歩きだした。

この小さな妾宅《しょうたく》は庭らしいものもなく、玄関から五、六歩いくともう裏通りであった。平馬は街灯をあびてにぶく光っている水溜りをよけると、足を速めた。冷たい大粒の雨に頬をうたれながら、彼は冷えきった家庭のことを考えていた。

2

翌日は朝から雲ひとつない好天気だった。

ゆきつけのレストランで昼食をすませると、平馬はいつものように時間いっぱいの散歩をすることにして、銀座から京橋へむかって歩きだした。奈美江に指摘されて気がついたのだけれど、近頃いささか下腹がつきでてきた。会社の医師からも適度の運動をすすめられているが、多忙なサラリーマンの身にそんなゆとりはなく、昼休みを利用してせかせかと歩き廻るのが精一杯のことだった。腹の脂肪をとるためには、悠揚《ゆうよう》せまらずといった漫歩では意味がない。あまり見た目にはいい図ではないが、借金取りに追いかけられた要領で、ほとんど走りださんばかりに歩かなくてはならなかった。

日本橋から呉服橋の近くまできたときに、ふと小さな洋品店のショーウィンドウに気をとられて立ち止った。奈美江に、もっと派手なネクタイをするようにすすめられたことがあり、それを思い出したからだった。

「あなたはお顔の色が白いほうだから、赤っぽいネクタイが似合ってよ。臙脂《えんじ》なんかいいんじゃないかしら」

そう言った奈美江の言葉を反芻《はんすう》しながら、三段に並べられたネクタイを右から左へと眺めていくうちに、自分の頸《くび》をしめている柄がそれほど地味なものかどうか、片隅の鏡にうつしてみた。それは茶色と黒の綾織りの高価な品であったが、こうやって見てみると、奈美江が言うとおりなんとなく爺《じじ》むさいものに思えた。

平馬の気をひいたのは赤と銀灰色の縞《しま》のタイで、ともすると派手になりかける赤を、一歩手前のところでぐっと押えている点が気に入った。しかし、こいつを絞めて帰ったら鷹子がなんと言うだろうか。俄《にわ》かに趣味のかわったわけをあれこれと問い詰められるに相違なく、そうしたときに示す妻のとげとげした目つきや、それに対する遁辞《とんじ》を考えているうちに、何もかも煩わしくなってくる。

いっそこのままでいようか。そうしたことを思いながらもう一度鏡のなかに目をやったとき、人影がつっと鏡面をよぎった。平馬は、灰色のオーバーに同じ色のソフトをかぶったその男に、見覚えがあった。つい先程、会社の玄関口から外にでようとした際に、陽だまりの歩道で靴をみがかせていた男によく似ていたからである。

これだけ雑踏する東京のどまんなかで、おなじ人間とすれ違う確率はゼロにちかいとはいうものの、ゼロではない。だからあえて異とするには足りぬけれども、平馬の心にひっかかったのは、相手が反射的にみせた逃避の動作にあった。いかにもそれは平馬の行動を監視しつづけているうちに、あやうく気づかれそうになったため、慌てて身を隠そうとしたように思えるのだ。

尾行されている！　そう直感した。刑事につけられるような悪事を働いた覚えはないから、見張られていたとするならば探偵社のたぐいだろう。彼はなおもネクタイの選択に迷っているようなふりをしながら、素早く思考を回転させていた。目下の平馬は、仕事の面で探偵社から調査をされるような立場にはいない。とするならば、彼の行動に興味をもつものは妻の鷹子のほかにはなかった。

そう気づいたとたんに、脳貧血を起こしたときに似た虚脱感におちいった。昨夜の奈美江に答えたのはほんの冗談のつもりだったのが、いまやそれは現実の問題として彼の眼前に立ちふさがっているのである。ここで妻から離婚されたら、中年の彼は再起することのできぬダメージを受けることになる。転職して最初から出直すことはプライドが許さないし、たとい望むような職種につけたとしても、出世コースに乗れるわけはないのである。贅沢な生活に慣れている彼は、それを失うだけでも耐えられなかった。

一介のサラリーマンになってしまえば、奈美江を囲うこともできなくなる。ああした情のある女だから、こっちが貧乏したからといってすぐ背を向けるような薄情な真似はすまい。むしろ一緒になれることを喜び、嬉々《きき》としてついてくるだろうと思うのだが、手鍋《てなべ》ひとつの生活などという貧乏な暮しは、想像しただけで虫酸《むしず》が走った。美女は、デラックスな環境において観賞しなくては意味がない、というのが彼のよろめきの哲学であった。いずれにしても、もうネクタイどころではない。なかば酔ったような足取りで帰社した。

「次長、どうなすったんです、顔色がよくないですよ」

ゴマすりの得意な課長補佐が、早速近よってきてそう訊ねた。平馬はうるさそうに、不機嫌な目をした。こんな男に心底《しんてい》を見すかされてはならない。

「目の前で交通事故をみたんだ。死傷者はなかったが、つくづく恐しいと思ったな」

咄嗟《とっさ》にそれだけの嘘をでっち上げるのが精一杯のことだった。

「こわいですな。次長も運転されるときは充分に気をつけて下さい。昨今は自分が安全運転をしていてもやられるんだから……」

「ああ、解ったよ」

手をふって彼の席へ追いやった。ほとんどのものが食事にでているので広い部屋のなかはがらんとしており、補佐のほかには平馬を悩ますものはない。彼はしばらく放心したように頬杖をついていたが、気分は容易にしずまらなかった。冷たい水をのめば気持も落着くのではないかと思いつくと、すぐさま立ってコップを手にした。が、水を飲むという日常茶飯の行動すらうまくできない。喉がせばまったような感じで液体がすなおに食道をとおってくれないのだ。

一時になった。仕事が始まると私事に思いわずらってもいられないので、繁忙にとりまぎれて平素の元気をとりもどすことができた。平馬はその多忙をよろこぶように、書類のなかにふかく没頭した。そして気持がしずまってくるにつれ、平馬の心のなかに、いままでの出来事を分析するゆとりが生じてきた。

あれは気のせいではなかったか、と自分の視力を疑ってみる。昨晩ああしたことを奈美江から言われたものだから、それが刺激となって疑心暗鬼を生じ、みるものすべてが怪しく思えるのではないのか。とにかく、物事がはっきりしないうちから慌てたり失望したりすることは無意味だ。尾行されているかどうかは、もう二、三日様子をみた上で判断すればいいことなのだ。
白皙《はくせき》の顔にも次第に赤味がさしてゆき、平馬はいつもの自信にみちた微笑をうかべるようになれた。いずれにしても、ことが明らかになるまでは奈美江に接近しないほうがいい。あとでタバコを買うふりをして下のロビイに降りたら、電話で、互いに慎重な行動をとるよう注意しておかなくてはならん。そうしたことを考えながら壁の時計をみた。

3

平馬には気をゆるした部下が三人いる。いずれもおなじ大学の出身で、特にそのうちのふたりはボート部の選手だったから、二重の意味で先輩後輩の関係にあった。平馬が奈美江と逢って帰宅がおくれた夜は、つねにこの三人と麻雀をやったり、そのなかの誰かと食事をともにしたというアリバイが用意されていた。鷹子が夫の言うことを疑って出しぬけに電話で問い合わせたとしても、三人はいささかのためらいもなしに、平馬のアリバイを立証することができた。そうした備えがあったからこそ、平馬は安心して情事に身をゆだねられたのである。

しかし四人が麻雀をするということは、必ずしも嘘ではない。月に一回はほんとうに四人が会合して心ゆくばかり痛飲し、ときには夜を徹してパイをいじることもある。その日も平馬は三人を誘って神田の鳥鍋屋で酒と食事をすませたあと、神保町の麻雀屋で卓をかこんだ。だが、忙しい仕事から解放されて気分にゆるみがでてくると、またぞろあのことが気にかかってきて、遊びに没入することができない。酒が入るとうきうきとなる陽気な性格なのに、この夜は陰にこもったように考え込み、自分の番になったのも気づかずにぼんやりしていることが再三あった。

尾行は昼間ばかりではない。ひょっとするとこの雀荘のなかにも入り込んでいるのではないか。遅まきながらそう気づいてあたりを見廻したが、十以上あるテーブルはどれも満席で、それを囲む男たちは憑《つ》かれた目つきで勝負に夢中だった。まず、探偵がまぎれ込む余地はなさそうである。とするならば、敵は寒空の下に立って様子をうかがっているのだろうか。

「変ですよ、先輩。気分でもわるいのですか」

とうとう気づかれてしまった。

「うむ、どうやら悪酔いしたようだな。少し頭がふらふらする」

「じゃ帰られたほうがいいですよ。ぼくがお送りします」

「いいんだ、いいんだ」

とは言ったものの、これ以上ゲームをつづける元気もない。言われるままにタクシーで送られて帰宅した。鷹子は寝室に入ったまま、姿をみせなかった。

二日目。十時をいくばくか過ぎた頃に、

「どうです、昼めしをご一緒しちゃあ。うまい鰻《うなぎ》屋をみつけといたんですがね」

年齢は十歳ちかく離れているが、平馬の将来性を無視するわけにはゆかず、ときどき機嫌をとってくれるのである。うまい鰻には目のない平馬だ、いつもなら二つ返事でのこのこと出掛けていくところだけれど、このときは誘いをことわった。今日こそ尾行者の有無《うむ》をはっきりさせてやりたい。探偵の気をひくためには、いかにもこれからランデヴーでもやるように、独りでこっそりと外出したほうがいいのである。

昼食の時刻になると、平馬は大きな期待と若干の恐れとをもって会社をでた。昨日はビルの前で靴をみがかせている男が探偵だったが、今日はどうであろうか。それとなくあたりを見廻したけれども、それらしい様子の男はいない。だが、大きな探偵社ともなれば社員の数も多いだろうから、とっかえ引っかえ新手の探偵をさしむけてくるに違いないのだ。灰色の帽子の男だけが尾行者であるとは限らないのである。

いつものレストランでランチを喰《く》った。店内ではひたすら喰い気に夢中のように振舞い、食事をすませると唐突に立って金を払って大またで外にでた。レストランの隣には真珠のネックレスを専門に扱っている店がある。その入口に立ってショーウィンドウを眺めていると、レストランに出入りする客の動静が適確にとらえられるのだった。尾行者があるとすれば、そいつは泡《あわ》くって平馬の後を追っているに違いない。彼はそう考えていた。だが、食事をしに入る客は三組あったのに、二分たっても三分たっても出てくる客は一人もなかった。平馬は失望してそこを離れた。

昨夜の麻雀屋のときと同様に、もし探偵がつけていたとするならば、そいつは店の外に立って様子をうかがっていたことになる。そしていまも、少し距離をおいてさり気なくたたずみ、こちらに視線をなげているのだ。平馬は自分の作戦のミスに腹を立てながら、尾行されやすいように、故意にぶらぶら歩きつづけた。

途中で書店に立ち寄って二、三冊の本を手にとり、面白そうな中間誌を求めて外にでると、今度はデパートに入ってわざとエスカレーターで催し物の会場に上った。

ここで時間いっぱいまで粘っていれば、探偵の正体を見破ることができそうに思えた。

七階の会場では近頃売り出し中のイラストレーターの個展がひらかれており、入口の受付にはその作者と思える痩せたヒゲづらの青年が坐っていた。泥臭いばかりで平馬には一向に好《よ》さが理解できかねたが、サイケ調のポスターの廻りにはわかい男女がいっぱいむらがっていて、作者の人気のほどがよく判るのだった。

平馬には、疑心暗鬼を生じたとでもいうか、すべての男女が探偵に見えた。近頃は女子大生がアルバイトとして俄か探偵になるという話を聞いたことがある。それを思い出してあらためて周囲を見廻すと、となりに立って妙ちきりんなアブストラクトをしげしげと鑑賞している女の子までが尾行者であるような気がしてくる。それでいて、昨日のようなこれはと思う発見もなく、平馬はがっかりとしながら会場を後にした。

しかしよく考えてみると、男が浮気をする時間は昼休みなどよりも退社後のほうが圧倒的に多く、探偵がそれを知らぬはずはないのである。彼が熱を入れて尾行するのは退社後であるに相違ない。と同時に、平馬が探偵の正体をつきとめるチャンスもまた、昼間よりも夜のほうが多いことになるのだった。彼はすべてを夜に賭けることにして仕事に没頭した。

が、しばらくするうちに、今夜は鷹子が長唄の師匠とともに観劇にいくことを思い出した。朝食のときに言われたのを、いろんな出来事にとりまぎれてつい失念していたのだ。子供のない家庭だから、女中を映画見物にでもだしてやれば家のなかは無人になる。平馬は誰にも遠慮することなしに、思うがままにひっ掻き廻せるのである。鷹子の私室をさがせば、あるいは探偵社の領収証が見つかるかもしれず、そうなれば平馬の抱く疑問はたちどころに氷解してしまう。それに気づいた平馬は、計画を変更して、まっすぐに帰宅することにした。

4

「奥さまは歌舞伎——」

「解ってる。食事はひとりで喰《た》べるから、きみは映画でもみてきなさい。こんなときでなくては楽はできん」

「でも——」

「家内が叱言《こごと》をいったらぼくが弁明してやるよ。心配はいらないから早くいきなさい。夜の部が始まってしまったらつまらないからね」

女中払底《ふってい》のおりではあったが、鷹子はきびしい態度で接している。しかし給料がよその倍ちかいこともあって、いままでの女中は不平もいわずによく勤めてくれ、三代目の加代《かよ》も例外ではなかった。

「でも——」

「この家の主人はわたしだよ。主人がいいと言ったら安心していけばいいのだ。さ、遅くならないうちに、早く……」

掌に三枚の千円札をねじ込んで追い出した。そして加代の足音が聞えなくなると、夕食は後廻しにして二階に駆け上り、妻の寝室から調査を開始した。女どもが帰宅するまでにざっと三時間はあるだろうから、それをフルに活用して、手早く、しかし見落しのないよう徹底的に探さなくてはならない。しかも探索した跡がのこらぬように、手際よくやる必要もある。

とはいうものの、この作業がそれほどの困難をともなうものとは思っていなかった。仮りに彼女が調査を依頼していたとしても、その事実が夫に知れたところで、鷹子としてはどうということもないはずである。それに対して抗議を申し込むほど強気の平馬ではなかったし、もし文句をつけたとしても、鷹子はただ鼻の先で笑うだけで相手にはならないだろう。

「あなたがこそこそするから勘ぐってみたのよ。浮気するなら、もっと男らしく堂々とやったらどうなの！」

何事であれ、その程度にかるくあしらわれるのが毎度のことなのだ。そのような夫をなめきった妻だから、領収証を筐底《きょうてい》ふかく隠すということはまずあるまいと見当をつけていた。

平馬のその見方が間違っていなかったことは、三十分もたたぬうちに証明された。三面鏡の引出しに無造作に突っ込んであった封筒を手にとってみると、裏面にある有名な私立探偵社の名が刷ってある。平馬ははやる心を押えつけ、慎重に中身をとりだして、展《ひろ》げてみた。収入印紙に割印をおしたその契約書は、二月十日からむこう一週間の調査活動を依頼し、その報酬として十万円也の前金を支払った領収証でもあった。二月十日といえばネクタイ屋の鏡のなかに尾行者の影をみた日だから、敵は調査を開始したとたん、早くも尾行を気取られたことになる。間のぬけた私立探偵もいるものだ、そう思って平馬はひっそりと苦笑した。苦笑というよりも、相手の不器用さを軽蔑した憫笑《びんしょう》であった。

引出しのなかには、薄い罫紙《けいし》を八つ折りにした便箋《びんせん》様のものも入っていた。開いてみるとそれは第一回目の報告書で、速達便ででも送られてきたのだろうか、昨日の彼の行動が客観的にかつ克明に、時刻を追って記入されているのだった。昼食をとったレストランの所在、店名から始まって彼が喰った料理の名前と食事に要した時間、レジスターで払った料金にいたるまでが綿密に調べ上げてあり、しかもそれは驚くほど正確でもあった。退社後、鳥鍋をつついてから麻雀をやったことも、おなじような要領で逐一報告されている。

ともかく、これで自分が尾行をうけていることがはっきりした。と同時に、相手が容易ならぬ強敵であることもまた明確になったのである。彼の頬にうかんでいた憫笑は途中から消えてしまい、報告書を読みおわる時分には引きつったような歪んだ表情に変っていた。

それにしても調査開始が二月十日になっているのは幸運だった。もう一日早ければ、尾行した探偵は何の苦もなく青山の妾宅を発見できたことになる。平馬はあらためて胸をなでおろすと、細心の注意をもって書類をもとの位置におきなおし、足音をしのばせて部屋をでた。家のなかには誰もいないのだから大胆に振舞っていいのだけれど、ひとりでに泥棒みたいな歩き方をしてしまうのだ。

食堂に坐った。蒸《む》し物も椀物もすっかり冷たくなっている。だが、平馬が食欲をなくしたのは料理のせいではなく、いまの報告書からうけた打撃の結果であった。同時にいま身辺に敵の目が執拗に光っていることを考えるとなんとも不気味であり、同時にいまいましくてならなかった。

平馬は思いなおしたように箸をとった。冷え切った料理は、彼と鷹子のあいだの夫婦関係を象徴しているようでもあった。寝室をべつにしているばかりでなく、夫婦は、夕食を一緒にとることすら稀《まれ》なのだ。月のうち半分は外ですませて帰る。自宅の食堂でたべるときも、女中の加代が給仕をしてくれ、鷹子は居間でテレビを見つづけているのである。

まずい食事をすませ、早々に自分の寝室に入った。テレビのスイッチをいれてみたが面白い番組がないことを知ると、ベッドにごろりと横になった。そして所在ないままに、奈美江と電話で話をしてみようと思い立った。いまなら鷹子に気がねすることなしに、女学生みたいに勝手気儘なお喋りができる。そう考えて受話器を取り上げたものの、ダイアルを回すことなく、またベッドに戻っていった。敵は油断のならぬ相手なのだ、部屋のなかのどこかに盗聴器を仕掛けておいて、通話の一部始終を録音していないとも限らないからだった。

平馬としては今後も気をゆるめることなしに警戒をつづけるつもりでいる。一方、探偵社の側としても鷹子の期待するような報告書を提出することはできない。となると根が執念ぶかい彼女のことだから、一週間が二週間にのび、三週間になっても、尾行を続行させるに違いなかった。結果として平馬は、鷹子がひきさがらぬかぎり、いつまでたっても奈美江とは逢えなくなるのだ。こんな動きのとれない状態が一カ月もつづいてみろ、おれは完全に参ってしまう。平馬は背をまるめて嘆息した。

ひょっとすると、鷹子の狙いはそこにあるのではないか。ふとそうしたことに思いいたると、いままでの平馬の見方はがらりと一変してしまった。あの書類がいともたやすく目についたのも、彼女が自分の手のうちを見せて、夫をにっちもさっちもいかぬ窮地に追い込むためなのだ、というふうに考えられてくる。探偵が、鏡のなかに姿をあらわしたことにしてもそうだ。いままで平馬が嗤っていたように尾行の技術が下手だったからではなくて、鷹子の依頼で故意にやったことなのだ。これが勘ぐりすぎであるかどうか、平馬には、腕をくんで冷静に検討するだけの気持のゆとりが失くなっていた。彼は次第にやりきれなくなった。冷ややかな笑いをうかべ、夫のじたばたする姿をこころよさそうに眺めている妻の顔が瞼《まぶた》の裏に明滅して、じっと坐っていることができなくなってきた。息苦しくなってきた。

あの女がいなくなったら、どれほどせいせいした気分になるだろう。あいつが今夜、劇場の帰りに交通事故に遭って即死してくれたら、その瞬間におれは自由の身になれる。いつもは現実家の平馬なのだが、このときは自分の空想にすっかり酔っていた。いまにも目の前の電話が鳴り、受話器をとって耳にあてると、妻の死を告げる救急指定病院の医師の声が聞えてくるような気がした。

だが、つまるところそれは一場のファンタジーにしかすぎなかった。悪運のつよい鷹子が事故に遭うわけもないのである。叩き殺してでもやらぬ限り、死にそうもない女なのだ。叩き殺してやらない限り……。

自分のおそろしい妄想に気づくと、平馬はおどろいて顔を上げ、誰かに覗かれてでもいたようにおずおずした表情になって、寝室のなかを見廻した。けれども、平馬はすぐにまた楽しい夢想の世界にひきもどされていった。鷹子が死んでしまえば、この邸宅は天下晴れて自分名義に書き換えることができる。障害物を排除したことによって、彼の前途はいままでと変ることなく洋々たるものなのである。

だがそれにもまして魅力あるのは、一年ほど辛抱すれば、大威張りで奈美江を後妻に迎えられることだった。彼には鷹子に仕えた十年間におよぶ忍従生活の実績があるのだ、たとい口八釜《くちやかま》しい親類がいて異議をとなえたとしても、そんなものは断乎として撥《は》ねつければいい。

外出している女たちが帰ってくるまでの三時間あまりを、彼は憑《つ》かれたように、妻殺しのことばかりを考えつづけていた。やがて加代がもどり鷹子が帰宅すると、彼は寝酒にハイボールを一杯やって寝巻に着更えた。が、ベッドランプをつけたままにしておいて更にその愉快な空想をふくらませていった。

犯罪を遂行するに際しては、アリバイを準備しておくことが絶対不可欠の条件だ、と彼は考えた。仮りに犯行現場に自分の所持品を遺留したとしても、しっかりしたアリバイさえあれば恐れることはない。真犯人が第三者に罪を転嫁する目的で、前もって盗んでおいた当人の所持品を現場においておくのは、決して珍しいことではないからだ。

その前提のもとに、平馬は思いつくかぎりの試案を心にうかべ、その一つ一つをチェックしていった。そして最後にのこった三つのうちに、尾行する探偵をアリバイの証人として利用するという、皮肉味の効いた方法があった。この、敵の逆手をとって自分の立場を絶対的なものとするやり方が、平馬のシニカルな性格をこころよく刺激した。

5

平馬がひいた殺人設計図では、鷹子を東京で殺したのち、屍体を近県にはこんで捨て、いかにもその地点が犯行現場であるように見せかけることであった。犯行当時東京にいたことを明確にさせておけば、それが強固な潔白の証拠になるのだから、ある意味ではこれほど容易なアリバイ造りはない。

この場合、鷹子が家庭着のままで死んでいたなら、犯行現場が自宅であることは一見しただけで判ってしまう。だから何よりもまず、外出の服装をさせることが必要なのだが、屍体から一切の家庭着を剝ぎとり、さらにその後で外出着に着更えさせるのは面倒でもあり、また時間もかかることだった。先夜につづいて犯行のときも邪魔者の加代を追い払ったりすれば、いくら鈍感な人間でもこいつは何かあると勘ぐってくるに違いない。しかも加代は鈍感どころか、物事によく気のつく利口な女性でもあるのだった。だから加代に怪しまれぬようにして彼女を外出させる工夫が要る。これを考え出すことが容易でなかった。仮りにこれらの難関を突破できたとしても、外出するときの鷹子がどんな服を着用してどんな靴をはくか、どんな種類のバッグを持ち、そのなかに何と何をぶち込むのか、そうした服飾の好みとなると男性である平馬にはまったく理解できなかった。

こうしたトラブルを解決するには、鷹子を都内のどこかに誘い出しておいてこれを殺すのが賢明なやり方になる。平馬はその第一現場として、青山の妾宅に白羽の矢をたてた。

彼はなんとかして奈美江に逢い、一切の事情をのべて、彼女の了解を得る必要を感じた。とはいうものの、私立探偵の監視の目をくぐることは容易ではない。平馬は、夜空が白む頃までこの問題と取り組んで、しまいにはへとへとになった。そして考えあぐねてとろとろとまどろみかけたとき、名僧が豁然《かつぜん》として悟りをひらいたように、平馬もまた一つの名案を思いついたのであった。朝、出社する途中に奈美江を訪問すればいいではないか。

興奮したせいもあってちっとも眠くない。彼はそのままいつもの起床時刻になるまで床に横たわっていて、七時になるのを待ちかねて起きた。勘のいい妻の神経に触れぬためには、平素と少しでも変った様子をみせてはならない。朝刊を読んでいる鷹子のそばで渋面をつくって人参のジュースを飲み、顎をうごかしてマーガリンを塗ったトーストを黙々と喰った。

いつもの時刻に家をでると地下鉄にのり、そのまま青山まで直行した。夕方から夜にかけてのあたりの風景は見なれているけれど、朝はこれが初めてである。なんとなく勝手のちがう妙な気持で大通りを歩いた。

「あらあら、こんな恰好をお目にかけちゃって……」

奈美江はごみを捨ててきたところらしく、ポリバケツを裏口へおいてくると、手早く小さなエプロンをはずし、おくれ毛をかき上げた。

「この辺のごみ屋さんは早く来るのよ。間に合わないと三日間待たなくてはならないでしょ、だから朝もおちおち寝ていられないの」

平素身だしなみのいい女性だけに、こうした姿を見られるのは恥ずかしいらしいのだ。それでいて不意のおとずれが嬉しいとみえ、声をはずませている。

「こうして差し向いでおこたに入るのは久し振りね」

茶をいれ、それをすすめながら言った。

「そんなことがあるものか。さきおとといの晩に逢ったばかりじゃないか」

笑って否定したものの、平馬も胸のなかでまったく同じことを考えていたのだった。

「当分のあいだ逢わないことにしようって電話があったときはびっくりしたわ。驚くというよりも淋しかった」

「ぼくだってそうさ。昨夜なんかよっぽど電話をしようかと思ったが、自重したよ。どこで見張られているか判ったもんじゃないからね」

「いやだわね、ノイローゼになりそう」

奈美江は眉をひそめ、平馬はいとおしそうにその手を炬燵《こたつ》のなかでまさぐった。

「そうなんだ、ぼくだってこのままじわじわ攻められたら参ってしまうよ。だが鷹子は底意地のわるい女だからね、ぼくを陥落させるまでこの作戦をつづけるかもしれない。そこでわれわれとしては坐して死を待つよりも、打ってでようと思うのだ」

奈美江を刺激しないよう慎重に言葉をえらびながら決意を語ってきかせ、聞き終った奈美江はすぐには返事をしないで、しばらくのあいだ息をつめて考え込んでいた。

「……どうだね？　きみがいやだと言うなら、いまの話は冗談だったということにしよう」

「あなたは追いつめられているんですものね、冗談じゃやすまされないわ」

「やるか」

「ええ。どうせ両親はいないんだし、ただひとりの兄は自分のお嫁さんに夢中であたしを邪魔者あつかいにしてるんだから、人殺しに失敗したってどうってことないわ」

「おいおい」

と、平馬は笑いながら語気をつよめた。

「弱気なことを言ってはいけないな。しくじるわけがないんだ。計画がうまくいきそうもない場合は延期をしてもいいんだし、中止してもいいんだからな」

相手の気持をときほぐそうとして、彼は釣りにでもいくような呑気な口調で言った。しかし胸のうちでは延期することも中止することも考えてはいない。彼女の言うとおりどたん場に追いつめられているのだ。逡巡している場合ではなかった。それに、充分な勝算もある。

「よく新聞でよむ言葉だが、アリバイというのを知っているかね？　字引きでみると、現場不在証明なんてしかつめらしいことが書いてある」

「知ってます」

「ぼくの計画はこのアリバイ造りが中心になっている。アリバイがある以上は疑られる心配はないのだからね、安心して話を聞いてくれ」

呑み込み易いように、眠らずに考案したアリバイ計画を、ゆっくりと語っていった。

「仮りにだね、明日の午後八時にやる予定だということにしてみよう。まず、きみがなにかの口実をもうけて、鷹子をここに誘いだすのだ。そのくわしい方法は後で検討するとして、ぼくは探偵に尾行されていることを承知の上で、いつものようにここにやってくる。そして探偵を家の前に待たせておいて妻を殺すんだが、探偵には先入観があるからね、まさか鷹子が来ているとは思わないし目の前で殺人がおこなわれているとは思わない。カーテンがゆれるのを見ても、ははあ、よろしくやってるなと羨ましく思うだけなのだ」

「…………」

「それほどの時間がかかるとは思わないが、終ったからといってすぐに出ていったのではかえって怪しまれる。やはり二時間か三時間ぐらいはここにいて、さも逢《お》う瀬《せ》を楽しんでいるように見せかけないとね」

「そんな気持のゆとりはないわよ」

「そりゃそうさ、ぼくらは善人であって悪党じゃないんだから。さて二時間ばかりしたらぼくは家に帰る。後にのこったきみは、できるだけ陽気に振舞ってほしいんだ。探偵がふたりいてさ、そのうちのひとりがここで監視をつづけるかも知れない。そこで、もう九時をすぎているから近所迷惑なことはやれないだろうが、窓の外の探偵に聞える程度にヴォリウムを上げてラジオを鳴らすとか、鼻唄をうたうとか――」

「屍体はここにあるんでしょう?」

「そうだ」

「死んだ人の横でそんな真似できないわ」

「そこを我慢してうたうんだよ。もっとも、探偵がふたり来ることはあるまい。その探偵は例によってぼくを尾行して帰っちまうだろうけどもね」

「そうね。でも鼻唄をうたいます」

「ちょっと注意をしておくけど、屍体は最初から横浜の町はずれに転がっていたことになるんだ。つまり、つめたい夜気にさらされているわけだね。そこで、きみもこの家のなかでは暖房を焚かないでいてもらいたい。むしろ窓を開けて、戸外の寒気が入り込むようにしておいて欲しいんだよ」

「風邪引いちゃうわ」

「厚着しておくことだな。まあ隣の部屋で電気ストーヴにあたるぐらいのことはかまわんがね」

「いいわよ、なんでも協力します」

　と奈美江は真摯《しんし》な面持で言い、平馬はふたたび炬燵のなかで相手のほっそりした指を力強くにぎりしめた。

「家に帰ったぼくは睡眠剤入りのココアを飲ませて女中を寝かすと、夜中に車でまたここに戻ってくる。そして屍体を車にのせて横浜へ捨てにいくんだ。きみは風呂にでも入って体をあたためたら、なにもかも忘れてぐっすり眠ることだな。なんだったら、ついでに、睡眠剤を持ってきてやろう」

「お願いしますわ。……でも、横浜を選んだのはどんなわけ——」

「本牧《ほんもく》の先に綿貫《わたぬき》さんという女子大時代の仲のいい友達がいるんだ。鷹子はそこを訪問する途中で襲われた、というふうに見せかけるのだよ。つき合いのせまい彼女が近県に出掛けるとすると、綿貫家をたずねる以外にないからね」

「そこが本当の現場であるように偽装するのね」

「ああ。舗装された人通りの少ない道があってね、車を停めてもタイヤの跡がのこらない。道の横は杉林につづく原っぱなんだが、ここは枯れ草がいっぱい生えているから、靴跡がつかないのだよ。ぼくとしては足跡の心配なしに行動できるってわけだ。そこが現場であるように見せるためには、枯れ草をなぎ倒したりして、その場所で闘争があったように演出することも必要だがね。犯人は金銭強奪が目的だったが、騒がれたために殺してしまったということにするんだな」

ふと気づいてみると、奈美江は受け口気味の唇を嚙みしめて、しきりに感情とたたかっているふうであった。ひたいが汗でじっとりとにじんでいる。

「大丈夫か」

「ええ。あなたと一緒なら何でもやるわ。あたしね、歯医者さんにいく前にもこんな気持になるなあって考えていたの。でも、治療イスに坐ってしまえばなんということもないのよ」

奈美江は顔をあげて微笑してみせると、わざとのように快活な言い方をした。

「そうさ、心配することはない。鷹子が横浜で殺された時刻に、ぼくはここできみと秘密の情事を楽しんでいたというアリバイがあるのだ。もちろん動機があるから、ぼくやきみがいくら主張しても警察は信用しないだろうが、私立探偵という目撃者がいるんだからね。彼の証言は絶対だ」

「あたし苦労性《しょう》だからこんなことを考えるのかもしれないけど、もしその探偵が意地のわるい人で、進んで名乗り出てくれなかったらどうなるのかしら」

「それは当然の疑問だな。ぼくばかりでなしに、可愛いきみの命まで賭けた勝負をやろうというんだから、ぼくはあらゆる点の安全性を検討した上でこの計画に踏み切ったんだ。話をいまの問題にもどすとして、あの探偵社は報告の迅速なることを謳《うた》い文句にしているので、その日のうちに報告書を作製するんだな。翌日中には依頼人の手元にレポートが届くという仕組みになっている。だから探偵が事件の発生を知ってぼくらに意地悪をしようと思ったとしても、すでに報告書は発送済みなんだ。地団駄《じだんだ》ふんでも後の祭りということになる。安心しなさい」

奈美江は大きく頷いたが、また問いかけた。

「その時刻に殺されたってことが正確に判るのかしら」

「犯行時刻は八時前後、という大雑把《おおざっぱ》な数字しかでまいね。だから彼女の時計の針を八時六、七分のところに回して、叩きこわしておく。同時にそれは、犯人が時計を持って逃げなかった理由にもなるんだ。壊れて修理もできない時計を盗んだって意味ないもの」

ようやく納得がいったらしく、少し眉をひらいた。

「ほかにも打つ手は考えている。前もって鷹子に綿貫さんの住所氏名をメモさせるんだが、そいつにぼくの指紋がつかないように取り上げておいて、あとで屍体のそばのハンドバッグに入れておくのだ。警察がそいつを見れば、鷹子が綿貫さんを訪ねていく途中だったということがいよいよはっきりする」

「でも、綿貫さんて人は親友なんでしょう？　そんなら住所をメモするわけはないと思うわ」

と、奈美江はおだやかに反論した。彼女は思慮ぶかい性格の持主であり、平馬が殺人計画を持ち込んだのも、奈美江にチェックさせるのが一つの目的であった。

「きみの言うのももっともだがね、先方が家内を訪ねることはしばしばあるが、家内のほうは二、三度しか訪問していない。たいていの東京人とおなじように、彼女も横浜の地理には暗いからね」

「いくら仲のいいお友達でも、夜になって訪ねるのは不自然じゃなくて？」

「それはぼくも考えた。だがね、いまも説明したとおり鷹子の屍体をあとで搬《はこ》んでおいて、初めからその場所で殺されたように錯覚させるのが狙いなのだ。ところが日中の犯行ということにすると、いくら人通りがないといったって昼間は人間も歩けば車も走っている。屍体なんて見かけませんでしたよ、なんて言い出されたらすべてがぶち壊しになるんだ。だから、どうしても日が暮れてからの殺人ということにしないとならない」

「そうね」

「それから夜間の訪問の不自然さに対する答えなんだが、鷹子は夫の不行跡を感づいて悩んでいるんだ。負けず嫌いなたちだから自分ひとりで処理しようと思っていても、そこはやはり女だからね、どうにも堪らなくなって、親友に相談すべく発作的に家を飛びだしたのだ。これはあり得る話だよ」

「解ったわ。ついでにもう一つうかがわせて。そのメモを受け取るとき、どうすればあなたの指紋をつけずにすむの？　まさか手袋をはめるんじゃないでしょう？」

「そりゃそうさ。勘のいい女だから、そんなことをすれば怪しまれないとも限らない。だからこっちの手を石鹸の泡だらけにしておくとか、なにかいい方法を考えておくよ」

「判ったわ。すると残った問題は、ここにおびき寄せる口実を考えることね？」

「ああ」

「こんなのはどうかしら。まだあたしの顔は知られていないでしょ。そこを利用してあたしが奈美江の使者ということにするの。……幼馴染みで、一緒に踊りや清元《きよもと》をならったこともある、なんて言って信用させるのよ。そして、奈美江さんの本心はあなたと別れたがっている、いい人ができて所帯を持ちたがっている。二号さんみたいな不安定な暮しはもういやだって言うの」

「おい、なんだか当てつけがましいね」

白い顔にしわをよせて苦笑してみせ、つられて彼女も微笑した。笑うと右の頰にくっきりとしたえくぼが出来る。

「……そこで、手切れ金の額によっては別れて上げてもいいけど、直接本人である旦那さんに交渉したのではかどが立つし、奥さんにあいだに入って頂いて……、とでも言ったら？」

「うまくいくかな？」

「それはやり方一つだと思うの。話のもっていき方や間のとり方や、話をもっともらしくみせる話術でどうにでもなるものよ。昔、保険のセールスをやろうとして講習をうけたことあるから、自信もってる」

「そうだな、案外喰いついてくるかもしれないぞ。贅沢なくせに、意外なところでケチるくせがあるからな。手切れ金を値切ってやろうと考えて、のこのこ出掛けてくる可能性はある。きみの弁舌に期待するよ」

この頃になると、ふたりともようやく緊張もとけて表情もゆるんできた。

「しかし、タクシーで乗りつけられては困るな。運転手が鷹子の顔を覚えてしまうだろうからね」

「そこはぬかりなくやるわよ。判りにくいところだからと言ってあたしが案内してくるの。もちろんタクシーなんかには乗らないで、地下鉄を利用するのよ」

てきぱきと奈美江が答えた。頭のいい女だ、こうした相手と組めば、たといどんな突発事故が生じてもたちどころに処理できるだろう。平馬はそう考えて満足気に奈美江に頷いてみせた。

6

あくる夜は鷹子がピアノのリサイタルを聴きにいったため、延期するほかはなかった。遠い親戚の娘がコンクールで大賞を受け、その初めての演奏会なのであった。

平馬は地下鉄の方南町駅前で一時間ちかくパチンコをはじくと、かなりの玉を菓子にかえて持ち帰り、テレビを見ながら、女中の加代とふたりでたべた。きびしい鷹子とは反対に、彼にはそうした気さくなところがあり、そのときも加代は遠慮勝ちに冗談をいって笑い合ったりした。

平馬が待っていた連絡を受けたのは、つぎの日の退社後のことだった。打ち合わせたとおり近くの音楽喫茶に入って珈琲のカップを前に、いかにも待ちびとにすっぽかされた男が無聊《ぶりよう》をかこっているふうをして、ぼんやりと音楽に耳をむけていたのである。

受話器をおくとオーバーを抱え、そそくさと勘定をすませて外にでた。探偵がどこで見張っているかは知らないけれど、平馬のこの動作に職業的な反応を示さぬわけがないのだ。

車を拾って青山の妾宅のすぐそばまで走らせた。私立探偵が男なのか女なのか、若いのか中年か、平馬には一切が不明だった。だが尾行されていることは、タクシーのバックミラーで確認してある。下車すると彼はふり返りもせずに歩いてゆき、玄関のベルを押した。

扉をあけた奈美江はまだ外出着のままで、ポーチの灯りをあびた表情はさすがに堅かったが、声だけは明るく「早かったわね、お待ちかねよ」と言った。たたきに、見覚えのあるバックスキンの灰色のパンプスが脱いである。鷹子の靴であった。平馬は黙って頷き、自分も靴をぬいだ。殺すものと殺されるものの靴が、行儀よく並んでいた。

夫を奪ったにくい女が来たものと思い込んでいるのだろう、襖《ふすま》をあけて入っても鷹子はふり向きもせず、細い上体をしゃっきりとさせ、構えた恰好で背をむけている。右手にたたんだオーバーとハンドバッグが、テーブルの上に喰べかけたチーズの小皿のおいてあるのが目に入った。彼はこのチャンスを失うまいとして猛然と襲いかかり、妻の頸に腕をまわして背後から遮二無二《しゃにむに》絞め上げた。鷹子は悲鳴をあげようとしたが、かすかに喉が鳴っただけだった。夫の腕に爪をたてて必死にふりほどこうとする。平馬もまた必死だった。テーブルの上のタンブラーが音をたてて引っくり返った。

奈美江は隣室に入ったきり姿をみせない。

「おい」

闘いが終ると、声を殺して呼んだ。外にいる探偵に聞かれてはならない。

「すんだよ」

ねじれた形で倒れている鷹子を見つめながら、虚ろに言った。自分の声でありながら、誰とも知らぬ他人が喋っているような気がする。

襖があき、奈美江がおそるおそる顔をのぞかせた。すっかり血の気がひいて、ふだんはすべすべした頬がそそけ立っている。後ろ手に唐紙《からかみ》をしめると、音もなく坐ってそっと合掌した。

「なにもかも運命なのね」

死に顔に目をあずけたまま、ぽつりと呟いた。

「奥さんは贅沢な生活をたのしんで、人生の途中で殺される運命にあったのよ。あたし達は殺人犯になる運命にあったの」

「そんなものかな」

「そうよ、そうでなくてはあなたみたいに優しい人が奥さんを殺すはずはないわよ」

「それもそうだな」

ぼんやりと答え、不意にわれに還ると、きりっとした口調になった。

「いいか、これから先が大仕事だ、しっかり頼む。まず、これにオーバーを着せなくてはならん。どこに指紋をつけてしまうか判らないから、注意してくれ」

平馬自身もポケットの革の手袋をとりだした。息絶えてまもないので体も筋もやわらかく、さほど苦労もしないで外套を着せることができた。

「今度は手袋をはめるのね」

「待ってくれ。ひょっとすると爪のあいだにぼくのオーバーの繊維が入りこんでいるかもしれない。無茶苦茶に引っかいていたからね」

「じゃブラシを持ってくるわ」

そのブラシで屍体の手の指の先を丹念にこすった。ふたりにとって幸いだったのは、鷹子が爪をみじかく切っていたことで、だから繊維は簡単にとることができた。平馬は爪掃除のおわった鷹子の左右の細い指に、それぞれ手袋をはめた。寒い夜を、素手で歩くわけがないからだ。

「あら、時計がわれてる」

「なに？」

「針も止っているわ、七時二十六分で……」

「なんだ、手数がはぶけたじゃないか」

屍骸のだらんとした手頸をとって、目を近づけた。ガラスは飛び散り文字盤がへこんでいるけれど、針はただしく兇行時刻の七時二十六分をさしたままで停止していた。

「高いんでしょう、これ」

「ああ、スイス製の原子時計だから。生きているときにこんなことしたら大変だ、勘当されかねないからね」

苦っぽく笑って言った。誇張でなしにそう思う。失敗を追及するときの鷹子の吊り上った目が、平馬にははっきりと思い浮べることができる。

「ガラスを拾わなくちゃならないわね」

「そう、横浜の現場へもっていってばらまく必要があるからな。拾ったらあたらしい封筒に入れてくれないか」

「ええ。でも、ずいぶん細かいのもあるわ」

「いい加減でいいさ、枯れ草のなかに散ってしまえば、少しぐらい減っていたって判りゃしない。それよりも、屍体を運びだした後で徹底的に掃除することだな。破片がのこっていて怪我をするとつまらないからね」

「判ったわ」

「じゃこれから家に帰る。きみはタンブラーもよく洗ってくれ、鷹子の指紋がついているからな」

「心配しないで」

持ってこさせた封筒に破片を入れると、封をしてポケットにおさめた。

「これをなくしたら一大事だわね」

「そうなんだ。それから玄関の鷹子の靴だけど、あれも盗まれては困る。靴泥棒なんてものもいないだろうけど、夜中にもどってくるまで保管をたのむよ」

「安心して頂戴」

奈美江は大きく二度頷いてみせた。

「それから、あまり景気よくストーヴをたかないでくれよ。前に言ったように屍体は吹きっさらしになっていたはずなんだから、できればこの家の窓をあけて夜風にあてておきたいくらいなのだ」

「そうします」

「きみは電気毛布をかぶって寝ているんだな」

一応の注意をすると、二時間ばかりして立ち上った。奈美江はさすがに心細そうな顔つきになり、屍体とふたりきりでいるのはおそろしくてかなわないと愚痴をこぼしかけたが、平馬はそれを一喝《いっかつ》して退けた。

「馬鹿をいうんじゃない！　きみが玉の輿に乗るかどうかという瀬戸際じゃないか。そのくらいの辛抱ができなくてどうなる！」

7

平馬は、ある意味では自分を楽天家だと考えている。悪評たかい鷹子との結婚を決意したときも、どうにかなるだろうというのんびりした考え方が心の底にあったことは、否定できない事実なのである。

だが今回の犯罪は命を賭けたものだっただけに、その楽天的な彼としても、終始心の休まるいとまはなかった。横浜までの往復の途中で事故を起こすかもしれないし、犯罪事件が発生して通行する車の一つ一つが検問されぬとも限らない。睡眠剤の量が少なすぎて女中の加代が目をさますということも考えられた。だから家に帰りついて異常のないことを確認したときには、張りつめた緊張が一時にとけた反動から、寝室の床にくたくたと坐り込んでしまった。


予期したとおり屍体は翌日の朝のうちに発見された。刑事の訪問を受けた加代が、うわずった声で会社に電話してよこしたのだった。その瞬間から、ふたたび彼は気の張りつめた演技をはじめなくてはならなかった。

盛大な葬儀と、その合間におこなわれる事情聴取とで平馬は心身ともに疲れ果て、頑健な中年男が葬儀場から帰宅するとまる一日寝込んだほどであった。刑事の訊問も執拗だったけれど、こちらはアリバイがあるのだからびくびくする必要はない。彼を困憊《こんぱい》させたのは、うるさ方が揃った親戚連中との応対だった。

自分でも意外に思うほど罪の意識は感じていなかった。一切は鷹子の身からでた錆《さび》であり、平馬自身はその犠牲者だと思っている。ただ不満なのは、これから当分のあいだ奈美江と逢えぬことであった。

刑事がふたりの関係をさぐりだすことは予想している。彼が警戒するのは警察当局に対してではなく、鷹子の親類や会社の連中なのだ。もし奈美江と逢っているところを目撃されれば不謹慎のそしりを受けることは確かであり、避けたほうが賢明だった。一年もたてば世間も大目にみてくれるだろう、それまでの辛抱だ。奈美江とのあいだにそうした話がかわされている。だからあれ以来、電話で声を聞くこともしていない。

彼が顔見知りとなったふたりの刑事の訪問を受けたのは、葬儀のあと初めて出社した日の十一時すぎのことだった。今日の昼めしはなににしようかと心のなかであれこれとメニューを眺めているところに、尋ねて来たのである。

「どんなご用ですか」

平馬は、刑事が捜査の進行状況を知らせに来てくれたものと思っている。どうせ見当はずれの方面を摸索しているのに違いないのだ。

「ちょっと確かめておきたいことがありましてね。お取り込み中はご遠慮していたのですが」

刑事のものの言い方に漠然とした不安を感じて、平馬はかすかに怯《おび》えた。

「なんでしょうか」

「お互いに多忙ですから率直にお話しします。奥さんの屍体を調べているうちに、意外なものが発見されておるのですよ。服のひだにきらりと光るものがあるので注意してみると、時計のガラスの破片なんですな」

口をきくのは年下のほうで、もうひとりは聞き役専門というのかただ黙って控えている。平馬としては表面にあらわれる反応をじっと観察されているように思え、なんとも薄気味がわるい。

「いいですか。これがオーバーの表面についていたなら何ということもないのですが、服についていたとなると、時計が割れたときに、言いかえれば犯行のときにですな、奥さんはオーバーを脱いでおられたと考えられるのです。真冬の、しかも夜の戸外でオーバーを脱ぐわけはない。当然のことですが犯行現場は室内であったことが想像されるわけです。つまり横浜は第二現場であり犯人の偽装であったことになるのですよ」

平馬は色を失った。屍体移動が知れてしまうと、彼のアリバイ工作の半分は崩れたことになるからだ。年長の刑事は、刑事特有の刺すような目で平馬の表情を見つめていた。

「さて、あなたは青山に美しい女性を囲っておられる。奥さんはその確証をつかもうとして私立探偵に調査を依頼しておられたのですから、あなた方おふたりは奥さんの存在が邪魔であったかもしれない。一応の動機があります。そこでわれわれは、邪魔されることのない理想的な犯行現場は何処であろうかと頭をひねった結果、第一現場は青山の妾宅ではないかと考えたのです」

考えるのは勝手だ。問題はその証拠があるか否かということなのである。だが、時計の破片は電気掃除機で徹底的に取りのぞいてしまったし、タンブラーをはじめ鷹子の指紋がついたと思われるものは、これまた徹底的に払拭してある。心配することは何一つないのだ。平馬は自分にそう言い聞かせ、動揺しそうになる心を必死に押えつけていた。

刑事の没個性的な顔は、しかし自信あり気にみえた。彼はつづけた。

「そこで家宅捜索をやらせてもらったら面白いものを発見しましたよ。もっとも、あなたにとっては面白いどころではない。犯行現場がそこであることを示す絶対的な証拠なのですからな」

落着きを失った平馬はイスの上でしきりに体を動かしていた。刑事が誇らかに言う絶対的な証拠とは何だろう？　おれは何を見逃したのだろう？　だが思考は空転するばかりで、心に浮ぶものはなに一つなかった。

「われわれの運がよかったのは、あの辺の清掃車は三日に一度しかやってこないということなのです。だから、ひからびてかちかちになった物証が、ポリバケツのなかにそのまま残っておったのです」

　ポリバケツのなかに……？　そう説明されても、平馬にはまだ解らない。ただ激しくまばたきをするばかりだった。

「もっとはっきり申しましょうか。われわれが発見したのは、奥さんが喰べ残されたオードブルです。奥さんの歯の痕がくっきりとついているチーズの切れはしなのですよ」

　刑事は叩きつけるように言い、その声を平馬は、はるか遠くのほうで聞いているように思った。

透明な同伴者

1

「はっきりいわせてもらうけど、房子《ふさこ》さんはもう適齢期をすぎているのよ。こんないい縁談は二度とないわ」

「でもねえ……」

「煮え切らないのがあなたの欠点よ。ものには潮時があるんだから、ぐずぐずしてこのチャンスを逃がすと、一生後悔することになるわ。よく写真と履歴書をよんで、早く決めたほうがいいことよ」

「でも――」

「まだそんなことといってる。本来ならあなたのほうから写真と履歴書をそろえて見て頂くべきなのよ。だけど先様は、あなたのことは雑誌の記事やグラビアでよく承知しているからそれには及ばないとおっしゃって、逆にご本人の写真と履歴書を預けて下さったの。その好意を素直に受けなかったら罰があたるわ」

大学時代の親友が幾分押しつけるようにして写真をおいていってから、そろそろ一週間になろうとしているのに、房子は、応じるか否かでまだ迷いつづけていた。この十月の誕生日で満二十九歳をむかえた。女として、あせるべき年齢に達していた。

房子は独身主義者ではない。女子高校生の頃から、できることなら二十二、三までには結婚したいものだと考えていた。自分自身が平凡な女性なのだから、相手もありきたりのサラリーマンでいい。べつに風采《ふうさい》はあがらなくても、浮気をしないで、ひたすら妻子を愛してくれる男性であれば充分だと思っていたのである。

房子が今日のように独身生活をつづけるようになったきっかけは、小遣い稼ぎのつもりで推理小説を書き、新人の原稿募集に応じたことにあった。それが一位に入選し、無我夢中で書きつづけているうちに、新進の女流本格派作家というレッテルを貼られていた。

二年目に入るとぼつぼつ有力誌からも注文が来、それにつれてグラビアページに写真がのるようになった。くせのない長い髪を肩のあたりで切り揃えた房子は、涼しげな大きな目と小さな口もとと相俟《あいま》って、みるからに清純であどけない日本人形を思わせた。

美貌を売り物にしているという陰口が耳に入らぬわけでもなかったが、それを気にする房子ではなく、逆に積極的にテレビのプロデューサーに接近して、テレビカメラの前に立つ機会を摑んだりした。房子は、何がなんでも広く世間に認められたかった。本を売るためには引っ込み思案であってはならない、作家もまたタレントの一人なのだから、と彼女は割り切って考えていた。房子は親類や友人知人から持ち込まれる縁談には見向きもしなかった。第一、多忙でそんな余裕がない。それに、いまや彼女は押しもおされもせぬ女流本格派の第一人者なのだ、平凡なサラリーマンなど眼中になかった。女子高校生時代とはわけが違うのである。

房子は七本目の長編を脱稿した頃から、ようやく自分の周囲を見まわすゆとりを取り戻すことができた。そしていつの間にか二十七歳になっているのに気づくと、あらためて愕然とした思いになり、今年中には生涯の伴侶となる手頃な男性をつかまえて結婚へゴールインしたいと考えた。テレビを見ていてもデパートを歩いていても、結婚衣裳や応接セットが矢鱈《やたら》に目につくようになった。

しかし、かつては断りきれぬほどにあった結婚話も、皮肉なことに、最近ではまったく持ち込まれることがなかった。友人も知人も伯父や叔母たちも、有名人になりすぎた彼女を敬遠している様子がみえた。あるいは、房子が根っからの独身主義者であると頭から決めてかかっているのかもしれない。彼女は、同窓会誌の巻末をひらいて卒業者名簿をみるたびに、クラスメートの誰彼の姓が変っていくのを知り、いまいましくもまた腹立たしく感じるようになってきた。

高山苑子《たかやまそのこ》という女子大時代の友人から待望の縁談がもたらされたのは、正にそうしたときであった。彼女がそれに飛びつかなかったのは心底を見すかされまいとする見栄《みえ》もあったが、同時に、乗り気になれないことも事実だった。十三歳という年齢のひらきが気にくわないのだ。いままでも作品のなかで再三書いてきたように、彼女にとって四十すぎの男性はなんとなくおぞましくてならなかった。所帯持ちであれば生活に疲れてうす汚いし、四十を越えて独身でいる男はなおさら不潔な感じがする。この縁談の相手にしても、写真でみる限りではいかにも聡明そうな深い眸をしているけれども、ひょっとすると、新聞を読むたびに老眼鏡が必要なのかもしれない。悪くすれば総入れ歯であることも想像されるのであった。房子は、新婚旅行のホテルで、寝衣に着かえた新郎がおもむろに入れ歯をはずし、コップの水に沈める姿を心に描いてみた。それはどう考えてもグロテスクな漫画のようであり、近頃はやりのブラックユーモアのようでもあり、しまいにはやりきれなくなって立ち上ると、靴をはいて当てもなくマンションの近辺を歩きまわるのだった。一度、途中で編集者とぱったり出遭ったことがあるが、彼は房子の渋面をみててっきり筆がすすまぬものと解釈したらしく、作家も大変ですなあと大きな声で同情してくれた。

その房子が見合いをする気になったのは、雑誌で、三十歳をすぎると障害を持つ子供を出産する確率が高くなるという記事を読んだからだった。それは、まったく医学的な根拠のない、読者の不安をあおるだけのデタラメなものであったが、彼女は冷静な判断を失い、早く結婚して健康な子供を生みたいとしきりに思うようになった。

その夜、思い切って高山苑子にダイヤルを廻した。

「やっと決心がついたのね、よかった。すぐ連絡をとっておくわ。さし当ってお見合いの日時と場所が問題になるんだけど、あなたの都合はどうなの？」

「月末は原稿の締切りだから、できればその頃を避けて欲しいの」

「解った、まかしとき」

と、彼女は声をはずませた。

「とにかく、こんないい縁談はまたとないんだから、あなたが愚図愚図《ぐずぐず》しているのをみて、あたししびれを切らしていたのよ。ほんとにあなたには勿体ないような男性なの。宿六《やどろく》を離縁してあたしが再婚しようと思ったくらい……」

自分の下手な冗談に彼女は声をたてて笑った。房子は総入れ歯のことを訊きそこなってしまい、一つ二つ世間話をかわすと受話器をおいた。何はともあれ会ってみることだ。気に入らなければ断ればいい。そう考えることによって房子は自分を納得させた。

2

見合いは、ボーリング場で一時間ほどゲームに興じたのち、東京の夜景を見おろしながらおそい食事を共にするという気のきいた形式ですすめられた。大滝進介《おおたきしんすけ》は写真から想像していたよりも上背があり、筋肉質なのだろうかあのいやらしい中年肥りの様子もなく、スマートで洗練された男だった。顔も四十男とは思えぬほど若々しくて、ボーリングも房子よりはるかに上手であった。ゲームがすんだときに気づいたことだけれど、呼吸が乱れているのは、むしろ彼女のほうだった。

「どう？　ご感想は」

大滝と別れてから、近くのバーで休息したときに、苑子が訊いた。房子を引き立てようとしてか、今夜の彼女は、地味なスーツを着用し、化粧もあわく口紅をぬった程度だった。そのせいか、高い鼻だけがいやに目につく。

「一度きりじゃ判らないけど、いい人だと思うわ。わたしの我儘《わがまま》も快く聞き入れてくれたし……」

房子はかなり控え目に意見をのべた。

「第一印象がよければ八分どおり成功だわ。それを聞いてほっとしたことよ」

「でも大滝さんが何ておっしゃるか……」

思わず本音がでた。強気な性格だから、相手の立場を忖度《そんたく》するようなことは滅多にないのである。苑子はびっくりしたらしく眉を上げたが、ついで白い歯をみせて満足そうに笑った。

「大滝さんのご返事は別れしなに訊いてあるのよ。あなたさえよければ、このまま引きつづきデートをしたいんですって」

苑子はこの縁談が有望であることを知ると、まだ口をつけていないカカオフィーズのコップを取り上げ、房子に乾盃をうながした。

デートを重ねるにしたがって、大滝がますます好もしい男性にみえてきた。房子は、老眼鏡や総入れ歯を気にかけて躊躇《ちゆうちよ》逡巡していた頃のことをかえりみるたびに、自分の愚かさを反省するのだった。

年輩者だけあって彼は節度というものをよく心得ていた。打ちとけるにつれて上品な冗談をいって房子を笑わせるようになったが、それ以上の行動にでることはただの一度もなかった。そして五回目のデートのとき正式に求婚し、彼女がそれを受諾すると、はじめて力強く手をにぎってくれた。そうした大滝の紳士的な振舞いが、さらに房子の胸をかきたてるのだった。

だが房子には、大滝にも苑子にも打ち明けられない一つの秘密を持っていた。それが知れれば苑子は呆れ返って目をむくだろうし、いくら大滝が寛大な男性であっても、即座に縁談の打ち切りを申し出ることは明らかだった。そのことを考えると、彼女の胸はたちまち重くふさがれてしまうのである。

二年前のことであった。当時、書きおろしの長編を依頼されていた房子は、担当の女性記者とつれ立って、赤坂のホストクラブに潜入した。勿論、遊びが目的ではなくて、取材のためである。もともと彼女はこうした不健全な場所には興味も関心もなかった。ただ、小説を書く上でホストクラブの知識が必要だったにすぎない。そのときに二人のテーブルに坐ったホストが並江《なみえ》修二《しゅうじ》であった。修二は面長《おもなが》のほっそりとした男で、男性のくせにかかとの高い靴をはいている。仕立てのいい黒い服を身につけ衿に朱のバラの花をさして、一分の隙もない伊達姿であった。色が白くて弱々しそうで、母性の保護本能をかきたてずにはおかぬような、いうにいわれぬ妙な魅力を持っていた。これは後日判ったことだけれども、客の正体が有名な女流推理作家であることを知ったマネジャーが、選《え》りぬきのアドニスを侍《はべ》らせたのだった。

二十二歳だという修二は、五歳年長の房子のことを最初から「お姉さま」と呼んだ。この、本来ならば虫酸《むしず》が走りそうな呼びかけも、鼻にかかった甘い声で囁かれると、不思議なことに少しも不快感が湧かなかった。彼女が終始毅然《きぜん》とした姿勢をくずさなかったのは、かたわらに編集者がいたからで、その翌る晩になると今度は単独でクラブを尋ね、ふたたび修二を指名した。

「うれしい。きっと来てくれると思っていたの」

修二は心から嬉しそうにいい、扉口に立っていた花売り娘からクリーム色のバラを求めると、それをうやうやしく房子に捧げた。女流推理作家はますますこの優男に熱をあげていった。それまでの彼女は、ホストクラブで働いている連中を男性のつらよごしだと考え、軽蔑の眼でみていた。事実その当時書きつづけていた小説のなかでも、彼等のいやしい根性を完膚なきまでに叩いてやるつもりでいたのである。

だが、修二と知り合ったとたんに、房子のプロットも視点が大きく変ってしまい、クラブに集まる脂ぎった年増女の不潔さを追及することにした。

「ほんとよ、あんなところで働いていると駄目になるわよ」

初めて逢い引きした日のこと、公園のベンチに並んで坐りながら、彼女は姉さんぶった忠告をした。そしてこの美少年を健全な日光のもとに引きだそうとして、店の休みの日を狙ってハイキングに誘ったり、上野の動物園に連れ出したりした。が、楽しんでいるのはつねに房子のほうで、夜の生活に慣れきった修二はただ眩しそうに大きな目をしばたたくだけだった。

こうして二カ月ほどした頃に、ひょんなことから修二が魚釣りに人一倍の興味を持っていることに気づくと、つとめて彼を千葉県や神奈川県の磯釣りにつれていくように努めた。釣り道具の一式をそろえてやったばかりでなく、磯釣り用の革靴から黄色い服や帽子にいたるまで買い与え、それを身につけた修二の姿を目を細めて眺めていた。

「悪いなあ、お姉さま」

「いいのよ。わたしって独りっ子だったでしょ、前々から弟が欲しくて仕様がなかったの。修二さんはわたしの弟みたいなものなのよ」

と彼女は答えた。そしてつぎの休日に房総半島のはずれまで遠出をした帰りに、房子は国道沿いのモーテルの前で車を急停車させた。いかにもそれは不意に思いついたような突発的な行為であった。

「ねえ、お腹へったわね。ごはん喰べていかない？」

食事をするつもりならば、百メートルほど先にドライブインの大きな看板が見えているのだから、そこの前で停めるべきであった。しかし修二はべつに異を唱えることもせず、この機会の到来することを待ちかねていたかのように、いそいそとしてついてきた。

二人はモーテルの食堂でまずいハンバーグを喰い、ひと風呂あびて汗をおとすと、ベッドに横たわって一時間ちかい休息をとった。このときから房子は、修二を弟扱いすることができなくなった。

3

「話というのはほかでもないの。そろそろ二人の仲を清算すべきときがきたと思うの。ホストと女のお客がこそこそつき合っているのは、誰がみても不自然なもののよ」

房子の車で横浜の中国人街へ遠出をして、広東料理のフルコースをすませたのち、バッグからとりだしたタバコを細い指にはさみ、彼女はセーヴした声で切り出した。修二はすばやくライターを鳴らし、火をつけた。彼自身は喫煙の習慣がない。ライターは、もっぱら房子にサービスするためのものだった。

「ときどき考え込んでいたもんだから、今日のお姉さまはどうかしてるなって思っていたんだけど。いまの話、冗談でしょう？」

「本当よ」

「ぼく、いやだ。大学をでたら正式にお姉さまと結婚するつもりでいるのに、ずいぶん冷たいこというんだなあ。昨晩も床のなかで考えていたんですよ、結婚したらお姉さまのことを何と呼べばいいのかなあって……。自分の奥さんのことをいままでみたいにお姉さまというわけにはいかないし、よその旦那さんみたいにおい お前なんて野蛮なことはいいたくないし……。それなのに、だしぬけに別れようだなんて、冗談にしてもひどいと思うな」

修二はテーブル越しに腕を伸ばすと、房子の手の上に自分の手を重ねた。つい先頃までは、ただ黙々として指を絡ませているだけで幸福感に酔い痴れることができたのに、いまでは修二の外国映画まがいのそうした動作がいかにも薄っぺらなものに思え、房子はなんとも興ざめな感じだった。

そっと房子は手を引いた。

「わたしはね、あなたの美しすぎるのが心配なのよ。あなたはこれからますます綺麗になっていくけど、わたしはそろそろ女盛りをすぎる齢頃だわ、お婆さんになるいっぽうじゃない。釣合いのとれない夫婦がどういうことになるか、わたし達の周囲にいくらでも例があるじゃないの」

房子は相手の心をくすぐる戦法にでた。男性にとって美醜なんか問題ではないのだが、ホストクラブで年増女のご機嫌をとっているような連中だけはべつだ。房子はそう考えていた。

「わたしみたいなお婆さんは見向きもしなくなるわ。そして浮気をするに決っているる」

「いやだな、お姉さんはそんなにぼくがエゴイスチックな男だと思っているの?」

「男ってそんなものなのよ」

「それは取越苦労ですよ。こうした仕事をしているから目が肥えているつもりだけど、あねさま女房で円満にいってるご夫婦ってのは案外多いんだ。離婚率も、当り前の夫婦のほうが多いと思うなあ」

「統計をとったわけじゃないでしょう」

「そりゃそうだけど。でもね、どうみてもお姉さまは悲観的な見方にかたむきすぎてますよ。美人は年をとっても美人だもの」

逆手をとられた房子はそっと苦笑した。

「修二さんは女の気持ってものが解ってないようね。女性って疑りぶかいものなのよ。あなたが幾ら浮気をしませんて誓っても、そんなこと信じられやしない。結婚したその日から、夫に裏切られることを想定していらいらしながら暮していくなんて、考えただけでも憂鬱になる。それというのも、いまいったように提燈《ちょうちん》と釣鐘《つりがね》みたいな組み合わせだからよ。あなたに忠告するってがらじゃないけど、ホストなんかよして大学に戻って頂戴。そして社会人になったら健康で美しいお嫁さんをもらうことよ」

「いやだ、ぼくはお姉さまと結婚する！」

修二ははっとするような大声でいい、その言葉が周囲に聞えたのではないかと思って房子はひやりとした。が、テーブルの客は中国人らしい客と、それに船員の服装をした外国人の二人連れだけだった。ここでは、彼女が新進推理作家であることを知るものはまずいない。

「修二さんはのぼせているのよ。家に帰ったら冷静に考えなおして欲しいわ」

「訝《おか》しいな、変だぞ」

と独語するように呟くと、杏色《あんずいろ》の大きな眸で上目づかいに房子の表情をうかがった。

「お姉さま、心変りしたんじゃない？」

「心変りってなによ」

「ことのついでにいっておきますけどね、お姉さまに縁談が起きたら、ぼくは自分の愛情にかけて邪魔をしますよ。うんと意地悪してぶち壊してやるんだ。お姉さまはぼくのものなんだから」

冗談めかした言い方だが、目が異様にかがやいている。

「それこそ修二さんの思いすごしだわ。だけど、どんな手段を使うつもり？　そんなこと出来るかしら」

「出来ますよ。いざとなったらどんな縁談でも片端から破談にしてやるんだ」

「どうやって？」

房子はからかうような目つきをした。

「お姉さまには黙っていたけども、愛し合っているときカセットに音をとっておいたんです。記念にもなるし、お姉さまが恋しくなったときには独りでそれを聞いて心をなぐさめているんです」

「まあ、ほんとうなの？　いつでもそんなことやってたの？」

「ときどきです。いつも同じテープじゃ変化がないから。もう半ダースばかり溜っています」

房子は息をつめた。全身から血液が吸いとられていくような気がして、意識がうすれた。このまっ白いうすらトンカチが、なんてことをしてくれたんだ！

「いやだ。びっくりさせないでよ」

「嘘だと思うんなら、帰りにアパートへ寄って下さい、聞かせて上げるから」

彼は横浜市内に部屋を借り、そこから東京へ「通勤」しているのだった。房子も一度だけだがそこを訪ねたことがある。窓から見おろす街の灯が、まるで宝石匣《ばこ》をひっくり返したように美しく思えたものだ。

「それをプロポーズした男に聞かせてやればイチコロですよ。とても濃厚な内容だから……。お姉さまは永久にぼくのものなんだ」

得意になるとこの青年は唇をねじ曲げ、鼻翼をひくひくさせる癖がある。そうした小さな筋肉の動きを、房子はいまいまし気に見つめていた。彼女の心は混乱の極に達している。どうすればいいか、にわかに判断がつきかねた。

「そうね、永久にあなたのものだわ。でも、恥ずかしいじゃないの。そのテープを返して欲しいわ」

「駄目。欲しければ複製して上げますよ。恥ずかしいことなんてあるもんですか、どうせ夫婦になるんだもの」

美青年は唇の端から白い糸切り歯をのぞかせると、甘えるような眼差しで房子をみた。

4

修二との間に困難な問題をかかえながら、房子は土曜日毎に大滝進介と逢い、あれこれと結婚生活の夢を語り合っていた。経営学を専攻し、その方面のコンサルタントを開業している彼は、一面では美術にも関心がふかくて、ことに鎌倉時代の仏像彫刻については一家言《いっかげん》をもっていた。絵画のほうはともかく、彫像について知識も関心もなかった房子は、大滝にさそわれて近県の古寺をあるき廻るうちに、次第に目がひらけてきた。時代が変ると彫刻様式も一変する。そうしたポイントを教えられてみると、例えば僧衣の襞《ひだ》のように、いままでは取るに足らぬとして見逃していたものが、意外に大きな意味を持っていることが解ってくる。古い仏像と対面することが、いまの房子には楽しくてたまらなくなった。

ふり返って修二をみると、まだ若い大学生だから無理もないけれど、そうした奥《おく》床《ゆか》しい教養はひとかけらも持っていなかった。趣味といえば残酷漫画やセックス漫画をながめ、磯釣りをすることぐらいのものである。いや、彼女が指摘したいのはそうした点よりも、学生でありながらホスト稼業に身を投じ、てんとして恥じる様子もみせない感覚のずれであった。収入は多くとも、学生としての矜持《きようじ》があればホストになるわけがないのだ。つい先頃までそのホストの一人とねんごろだったことは都合よく忘れたように、房子はひたすら修二を軽蔑していた。いまでは、あの猫なで声を聞くと胃の具合がおかしくなる。

だが、修二の手もとにあのカセットがある限り、迂闊なことはできなかった。彼女としてはなんとかしてテープを取り上げなくては、安心して大滝進介と結婚するわけにはいかないのである。問題のテープを一度聞いてみたが、いつの場合もマイクは至近距離にセットしてあったとみえ、その内容は顔が赤らむほどに明瞭であり迫真的だった。

彼と腕を組み合って寺歩きをしていても、ふと修二のことを思い浮べると、房子の胸はたちまち翳ってしまう。

「どうした、急に黙り込んで。なにか気にさわるようなことをいったかい？」

進介から訊ねられ、即答ができずにまごついたことが二度もあった。

しかし、だからといって修二に冷たくあたるわけにはいかない。婚約者のいることを嗅ぎつけられぬためには、以前とおなじように、いたわりに充ちた優しい態度にでなくてはならなかった。房子は二週間に一度の割で呼び出しをかけ、映画をみて食事をすると、その後でホテルに誘った。食事のときはともかくとして、難しいのはベッドに横たわってからのことだった。顔をみただけで虫酸が走るくらいの嫌な男と肌ふれ合い、しかも従来と変ることのないように振舞わねばならない。役者でもない彼女に、いつまで騙しつづけてゆけるか自信は持てなかった。

「近頃どうしたわけか頭痛がするの。お医者《こと》さんにみて貰おうかしら」

もっぱら体調のせいにして、その場を糊塗するのが常だった。

その合間に月々の雑誌の注文をこなしていかねばならないのだから、二カ月もすると心労のあまり頰の肉がおちてしまい、しばらくぶりで尋ねてきた編集者をおどろかせたほどであった。彼女が重荷となった修二を殺そうと決意したのは、それから間もないことだった。大滝と幸福な生活をきずくためには、邪魔になる修二の存在を否定する以外にない。後にテープが残っているけれども、修二が死んでしまえば、その声が房子のものであることを知っている人間はいないのである。修二さえ抹殺すれば、一切のトラブルに終止符を打つことができるのだ。

一旦決心すると、逡巡することのないのが彼女の性格だった。早速机に向うと、まるで創作するときのようにメモをひろげ鉛筆のしんを尖らせておいて、深い思案に沈んでいった。そして考えることに疲れてくると、一輪挿しの花に鼻をおしあてて匂いをかいだり、少量のブランデーを掌であたため、ゆっくりと舌で味わったりした。その姿は、誰がみても平素の仕事をしているときと変らなかった。

これは常識論だが、疑われぬためには修二の死を自殺かさもなければ事故によるものに見せかける必要がある。しかし、男芸者みたいなホストという職業をべつに恥とも思わぬような鈍感な神経の男に、自殺を図るほどの甲斐性があるだろうか。また、自殺である以上は遺書がなくては不自然だが、その遺書をいかにして書かせればいいのか、簡単には解決のつかぬ問題がいくつもあった。これに反して事故死のほうにはそうした面倒がない。房子はためらうことなく、修二を殺して事故死にみせかける方法を検討していった。

横浜は丘陵が多いところだから、べつに珍しいわけもないが、修二が住むアパートも高台の崖のふちに建っている。いうまでもなく地質は関東ローム層だ、雨が降ると土砂崩れが起こりやすく、建物ごと崖下に転落するのは明らかだった。で、半分ほど建ったときに建築中止の勧告を受け、コンクリートの補強をすませてようやく工事続行の許可がおりたのである。房子はこの崖に目をつけた。

建物の二階中央部から、崖にむけて急傾斜の鋼鉄製のタラップが伸びている。両側に手すりがつけてあるので実際にそうした危険はないのだが、もし修二が何かの事情で勢いよく辷り落ちたら、そのまま崖淵のガードレールを飛び越えて、崖下の岩の上に叩きつけられるに違いなかった。まず、即死をとげることは確かである。

例えば、バナナの皮がおいてあったらどうだろうか。房子には修二が悲鳴をあげながらタラップから転げ落ち、そのまま崖下に投げだされていく姿が目にみえるようだった。

そして誰がバナナの皮を捨てたかは不明のままで、事件は過失による転落死として片づけられていくのである。問題は、修二がうまい具合にバナナの皮を踏んでくれるかどうかということにあった。

ある意味でホストクラブはバーと同じような性格の営業形態だから、日曜日が休みである。

5

二月初めの日曜の夜、房子はバッグに双眼鏡と水筒をしのばせると、変装用のサングラスを用意してマンションを出た。オーバーは着古した地味な色のものであった。人目に立つものではないが、万一誰かが見覚えていることを勘定に入れて、あとで焼却してしまうことにしていた。灰にしても惜しくはない。

東京駅から各駅停車の京浜線で横浜へむかった。ノンストップの湘南電車や横須賀線を敬遠したのは、三十分間もおなじ車輛に乗り合わせているとそれだけ人目に触れる時間がながいわけだから、サングラスをかけていても、それが房子であることに気づくものがいないとも限らなかった。乗り降りの頻繁な京浜線には、こうしたリスクが少ないのだ。

横浜駅で私鉄にのりかえて二十分。小さな商店のならんだバス通りをぬけると、目指す丘陵の麓に立った。房子は物陰に身をひそませて双眼鏡を目にあて、はるか上方の建物を捉えた。二階の左から二つ目の窓に灯りがついていたなら、修二は在室していることになる。もし暗ければ不在なのだから、計画を一週間先にのばすことにして、このまま引き返すつもりだった。

　電灯のついていることを確認すると、双眼鏡をバッグにしまい込み、コンクリートの急坂を昇りだした。タクシーの運転手が尻込みしたというくらいの急勾配だ。途中でひと息ついて立ち止り、振り返ってきれいな夜景を眺めたいところだが、いまは悠長な真似をしているときではない。日曜の夜だから人通りはまったくないけれども、坂道の両側には人家もたっているのだ、いつ誰に顔をみられるか判ったものではないのである。

　ようやくアパートの前まで昇りつめたときは冬の夜だというのにじっとりと汗ばんでいた。房子は軒下にひっそり佇《たたず》むと、乱れた呼吸をととのえながら二階の窓を見上げた。クリーム色のカーテンには痩せぎすの修二の影が映っている。死がすぐそばまで迫っていることも知らずに、背を丸めて何かつくろい物でもしているらしく、片手の動きがしきりであった。

　房子は修二の影に触発された。軒端からとびだすと足音をしのばせて階段を上がり、適当な二枚のステップをえらんで水筒の水を万遍なくふりそそいだ。水が凍るまでに三分から四分を要することは実験ずみである。ふたたびそっと階段をおりると、後ろも見ずに逃げだした。

坂をくだるのだから帰途は早い。四分後にはバス通りを横切って反対側の電話ボックスの前に立っていた。房子はただちにダイアルを廻した。慌てているとみえ、最初はちがった処にかけてしまったが、二度目には間違いなく坂の上のアパートが出た。

「並江さんを願います」

短く告げた。彼女の声はアルトだから、少し低い声をだすと男性として通用する。この場合も故意にそれを狙ったのだ。

房子が住むマンションとは違ってこのアパートには電話が一本しか入っていない。管理人が電話機の横のボタンを押すと修二の部屋にブザーが鳴り、すると彼は階段をかけおりて電話口にでるという仕組みだ。昨今の赤電話は三分間で切れてしまうから、いやでも慌てざるを得ない。階段に氷がはっていることに気づくようなゆとりがあるわけもなかった。

房子には通話する意図はない。すぐに受話器をかけると外にで、ボックスの陰にひそんで双眼鏡を目にあてた。ピントを合わせてから胸をときめかせて事故の発生を待つ。北風の吹く気温のひくい夜だったが、房子はその寒気すら意識していなかった。興奮のあまり、グラスを持つ手が小刻みにふるえている。倍率のいいレンズだが、アパートの照明が暗いので細かいことはよく判らない。房子は、眸をこらして喰い入るように見つめていた。

彼女の目についたのは二階の通路に動いている人影だった。ついで階段にさしかかったかと思うと、忽《たちま》ち上体が大きくぶれてそのままバランスを失ったように転落した。房子は息することも忘れて、ガードレールにぶち当った物体が勢いよく跳ね上り、暗闇のなかへ吸い込まれていくのを見てとった。

おそらく修二はぶざまな悲鳴をあげたのだろう。それを聞きつけて驚いたように、いっせいに各部屋の扉があくと、二階の住人は階段のところでひと固《かたま》りになり、階下の居住者はガードレールから身をのりだして下の暗闇を覗いていた。あれだけの高所から落ちれば、まず救かる見込みはゼロに近い。彼女は厄払《やくばら》いをしたようなさっぱりとした気になると、ポケットに両手をつっ込んで、まるで散歩を楽しんでいるみたいな軽快な足取りで駅へむかった。フォームのベンチに坐った房子は、そこで二本の電車をやり過ごして救急車のサイレンに耳をすませていた。もし修二が重傷を負っただけならば、急遽救急指定病院へ運び込まれねばならぬはずである。

だがサイレンは十分あまり待ったにもかかわらず聞えてこなかった。房子は修二の死を確信してつぎの電車にのり込んだ。そして車内の温められた空気にふれた途端に、それまで忘れていた寒さを思い出して身をふるわせた。

眠れなかったら精神安定剤をのもう。そう思ってサイドテーブルに錠剤と水とを用意しておいたのだが、その必要はなかった。翌朝目ざめて、房子は自分の神経のタフなことに呆れ返ったり感心したりした。転落現場を目の前にしていたらばこうも冷静ではいられなかっただろう。音もなければ声も聞えず、まるで古い無声映画をみているようなものだったから、さしたるショックも受けなかったのだ。房子は自分の心理を一応そう分析しておくと、思い切り大きなのびをして起き上った。やはり、朝刊にどう報道されているかということが気にかかる。

ガスストーヴに点火しておいて、部屋が暖かくなるまで再びベッドにもぐり込み、不精な格好で社会面をひろげた。こうした呑気な生活ができるのも独身でいるお蔭である。結婚したなら、もっとしっかりしなくては忽ち夫に嫌われてしまうだろう。房子はちょっと反省めいたことを考えながら、活字を追っていった。

間もなく彼女は失望した面持で朝刊を床に投げ捨てた。修二の死はどこにも報じられていなかったからである。だが考えてみると、殺人ならともかく、これは小さな事故にすぎないのだ。しかも隣県に発生した小さな出来事なのだから、東京都民にとってニュースヴァリウはほとんどない。報道されないのが当然であった。

そうだ、テレビニュースなら放送するかもしれない。房子はブロンズの置時計にちらと目をやり、起き出してスイッチをいれた。テレビはローカルニュースの終りにさしかかっているところで、身躾《みだしな》みのいいアナウンサーが張りのあるバスバリトンで喋っていた。

「つぎ。横浜のアパートで二階に住む女の人が階段から辷り落ちて即死しました。昨夜九時頃……」

画面に気のつよそうな目をした女の顔と、古田ナミ枝さん（23）という文字がでた。房子は狐につままれた思いがした。昨夜の双眼鏡に映った人影が修二ではなくてこの女性であることに気づくまでに、なおしばらくの時間がかかった。

ニュースは終ってむかしの劇映画の再放送が始まっていた。手をのばして機械的にスイッチを切ると、いまの報道を心のなかで反芻《はんすう》しているうちに、にわかに事件の真相らしきものに思い当った。修二の姓が並江であり彼女の名がナミ枝であることから推量すると、ミスをやったのは多分管理人だったのだろう。房子が並江さんを呼んでくれと告げた際、この管理人は居住者のなかにナミ枝という女性がいることから、ついうっかりして彼女のブザーを押してしまったのだ。

瞼《まぶた》の裏にあらためてもんどり打って転落していく姿を想い泛《うか》べてみた。そして、本来ならば巧くいった筈なのに、管理人のちょっとした思い違いからとんでもない結果になったことに腹を立てていた。もともと房子は自己中心的なものの見方をする女だったから、この場合も、転落死をとげた女性に同情しようという気持は少しも起こらなかった。ただ腹のなかで管理人を罵りつづけていた。

ストーヴの前にイスを引きよせて、熱い珈琲を飲んでいるうちにどうやら気が落ち着いてくる。すると今度は、修二がこの事件をどう受け取ったろうか、ということが心配になるのだった。自分の命が狙われたことに気づいたら、いかに鈍感なあの男でも黙ってはいまい。証拠がない以上これを告発するわけにはいかないけれども、大滝進介にカセットを送りつけることは容易にできる筈だった。

だからといって、様子を探りたくとも房子のほうから電話をすることは考えものであった。藪をつついて蛇をだすように、これがきっかけになって怪しまれぬとも限らない。彼女としてはひたすら息をひそめ、修二からの電話がかかってくるのを待つほかはなかった。

鈍いというべきか馬鹿というべきか、並江修二は房子をいささかも疑っていなかった。

6

「管理人がわれにかえって受話器をとると、電話はとっくに切れていたんですよ。無理ないですよね、騒ぎにびっくりして十分あまりも放っておいたんだもの」

「でも、その男の人も気が咎めるわよ、ね。道義的な、あるいは社会的な責任はないわけだけども、電話さえかけなければ古田さんは無事でいられたんだもの」

そこは推理作家だから、こうした会話のコツは充分に会得している。労せずして電話の主が男性であることを、いいかえれば房子でないことを、きわめて自然に彼の頭に叩き込んでしまった。

「もう止めましょう、そんなお話。ベッドのなかにいるときはそれにふさわしい話題があるのよ」

いとおしそうに長くのびた髪を愛撫しながら、房子は心のなかでぺろりと舌を出した。

その夜から房子はふたたび修二の抹殺計画を練りはじめた。羹《あつもの》に懲《こ》りたというか、事故死にみせかけることの難しさが肝に銘じたので、今度は、できれば自殺に見せかけたかった。前回とは違っていまの修二には自殺するに足る動機がある。つまり、階段に水を捨てて凍らせ、古田ナミ枝を死へ追いやったのは彼だったということにするのだ。それを苦にして自殺したことにすれば、警察もすんなり納得するに相違なかった。それには、事件を報じた記事の切り抜きを用意しておき、屍体となった修二のポケットにそっと入れてやればいい。簡単なことであった。

房子がこの計画に熱をあげたことにはわけがある。つい先頃、銀座を散歩していたときに大学時代の友人とぱったり出遭い、夕食時でもあったので天婦羅を喰べようということになって、すぐそばの店に入った。「天国《てんくに》」というこの老舗《しにせ》は通人のあいだでも高く評価されており、房子は夢中で舌鼓をうち、同期生の消息を交換し合って愉快な一刻をすごした。

その翌日、何気なくスプリングコートのポケットに手を入れ、指先にふれた紙片をとりだしてみると、「天国」の箸袋だった。房子は昨日の楽しかったお喋りを反芻しながらそこに印刷された店名を眺めているうちに、ふと、これを天国《てんごく》と読み違えるものがあるのではないかと思った。最近の大学生のあいだにおける国語の読解力がおちたという説に対しては、いささか無責任な発言だとして必ずしも同感はできなかったのだけれど、「天国《てんくに》」を天国《てんごく》と読み誤りそうなそそっかしい友人はクラスメートのなかにも何人かいた。これをなんとかトリックに使えないだろうか。房子がそう考えたのは、推理作家としてきわめて自然な発想であった。そしていま、房子は修二に遺書をしたためさせる手段として、これを応用することを思いついたのである。

本格物の作家として当然のことだが、房子もまた慎重な性格の持主だった。仕事の合間に一週間あまりかかってシナリオをまとめ上げると、ようやく実行の緒《しょ》についた。早速修二を誘いだすと銀座をゆっくりと歩き、空腹になるのを待った。

「あら、もう一時じゃないの。修二さん、天婦羅は嫌い？」

二人が「天国」の前にさしかかったときに、房子はさり気ない口調で問いかけた。

「嫌いじゃないけど、脂っこいものを喰べると肥っちゃうんだもの」

「なにいってるのよ。あなたが肥ろうが痩せようが、わたしの愛情に変りはないわ。それとも修二さんはわたしが酷薄な女だとでもいいたいの？　肥ったら捨ててしまうような身勝手な女だとでも思っているの？」

房子の見幕にびっくりしていた彼は、やがてその長身をくねくねさせると、怨じるような目をして房子を叩いた。

「いやだ、お姉さま。知ってるくせに意地悪なことをいって……」

「じゃご馳走してあげる。ここの天婦羅定食はとてもおいしいんだから」

巧言《こうげん》を用いて連れ込んだ。

それから更に十日ほどたった頃、房子はふたたび修二を「天国」へ誘った。

「推理作家のお友達にあの店のことを話したらね、ぜひ喰べさせてくれっていうのよ。とても美人なの。推理小説家になるよりも女優さんになったほうが成功したと思うわ」

ぬかりなく美人ということを餌にした。ホストクラブで中年肥りをした婆さん連中を相手にしているせいか、この青年は若くて溌剌《はつらつ》とした女性に関心をもっていた。

「おかしいわね、正午にここで会う約束になっているのに。やがて一時じゃないの」

「車じゃ無理ですよ。混んでるんだから」

「電車でくるのよ」

いらいらした仕草でまた時計をみた。

「ねえ、先に行っちゃいましょう。わたしもう目が廻ってきたわ」

架空の推理作家だからいつまで待ってもくるわけがない。

「でも黙っていくのは悪いわね。レジスターに預けてくるからメモに書いてよ。『天国』へ行きますって」

バッグから取り出した黒い表紙のメモを、相手の前におしやった。ホストという職業柄、修二は年上の女性に命令されることに慣れている。それが後天的な習性ともなっていた。だから彼は、房子が自分で書けばよさそうなものだのに、なぜおれに書かせるのかという素朴な疑問すらいだかなかった。ましてこの女流推理作家がなぜ男物のメモを持っているのか、彼女がなぜ薄物の手袋をぬがずにいるのかといった点に疑惑を感じるわけがなかったのである。それはまた、房子が予想したとおりでもあった。

「ありがとう。じゃ預けてくるわ」

立ち上って伝票とメモを掴むと、修二を先に店の外にだしておいて、自分はレジスターの前で金を払い、彼の目にふれぬようにしてメモのほうはふたたびバッグにしまい込んだ。こうして思ったよりも容易に遺書をかかせることに成功したのである。これで第一の関門は通過することができた。

第二の関門は、古田ナミ枝の死を報じた切り抜きを入手することだった。すでに、彼女の死が地元紙をはじめ全国紙の神奈川版に報じられたことも判明しているし、修二の購読する新聞も明らかになっていた。だが、古新聞を手に入れようとすると、これが意外に難しくて房子をてこずらせた。下手に廃品回収の仕切り場へ出入りすると、かえって怪しまれるもとになる。神奈川県下の図書館へいってこっそり切り取ってくるという手もあることはあるが、これは彼女の誇りが許さなかった。痩せても枯れても推理作家の端くれなのだ、不徳義なことはやりたくない。

つまるところ、残された方法は修二の部屋から持ち出すことであった。例によって横浜のホテルで歓をつくした後（房子にとっては歓どころか苦痛なのだけれど）、いかにも気まぐれな思いつきのようにみせかけて、修二の部屋に立ち寄りたいと言い出した。

「お姉さま、今日は止して。昨日から掃除もしてないんだ」

「女ってものはね、未来の旦那さんのお部屋のお掃除をしたり、汚れ物のお洗濯をするのが楽しみなのよ。原稿書きが忙しくて、そういう機会のないのをいつも残念に思っていたの。今夜はチャンスよ」

このときも修二は簡単に押し切られてしまった。そして洗い物や掃除にまめまめしく立ち働いたのち、古新聞を整理してやるという口実で押し入れから出させると、そのなかの目指す日付のものをこっそりと持ち帰ったのだった。こうして第二の難問もパスすることを得た。あとは実行の日を待つばかりである。

7

実行が一カ月以上も延びたのは仕事が多忙だったからである。短編三本という量はほかの作家に比べるとむしろ少ないくらいだが、大量生産のきかない本格物となると、これはかなりの重労働であった。にもかかわらず出版記念会や授賞パーティには律儀に出席してつとめて陽気に振舞った。あどけない日本人形のような美貌の作家は、どの会にでても人気の中心であった。面識のある男性は例外なく房子のかたわらに集ってきて水割りのウィスキーをとってくれたり、サンドイッチを皿にのせてくれたりサービスにつとめてくれる。美しくて明朗な推理作家が、その仮面の背後で綿密な殺人計画をたてて機会の到来を待っているとは、誰一人として知るものはなかった。

修二に誘いをかけたのは、連休がすんで世間が落着きをとりもどした頃のことだった。天気予報はここ当分のあいだは晴天がつづくことを告げていた。雨が降ると現場にタイアの跡が残るから、房子にとっては是が非でも晴れてくれなくては困るのである。

二人は赤坂のスナックで軽い夕食を共にした。修二は六本木のクラブへ出勤する前であった。多少の遅刻は大目にみられるが、度がすぎるとマネジャーから皮肉たっぷりの嫌味をいわれる。このところ遅刻つづきだったので、修二は時計を気にしていた。

「今度の日曜に久し振りで遠出しようと思うの。石廊崎《いろうざき》なんかどう」

「うれしいな。一度いってみたいと思ってたんです」

「その晩はホテル泊りよ。ツインのお部屋でいいわね？」

「悪いわけがないでしょ、感激だなあ」

はしゃいだ声になった。

「そのかわり服装には気をつけて頂くわ。釈迦《しゃか》に説法みたいだけど、汚れたシャツなんか着てきちゃ駄目よ。あたしが恥をかくんだから」

スモークグリーンのサングラス越しに、房子は相手を凝視していった。覚悟の自殺をとげるには清潔な服を着ているのが当然だった。お洒落の彼がうす汚れたシャツを着てくるとは思わなかったが、念を入れるに越したことはない。作戦が密なることを要するのは、職業軍人に限ったものではなかった。

「お姉さま、もう出掛けなくちゃ――」

「保土ヶ谷《ほどがや》駅の前で待ってて頂戴。あそこなら歩いていけるでしょう。車で迎えにいきます。そうね、十一時かっきりということにするわ。遅刻したらおいてっちゃうから」

冗談めかして釘をさした。修二は、時間にルーズなところが多分にあるのだ。

日曜日。約束の時刻に乗用車を走らせて保土ヶ谷駅前までいくと、脅しが効いたとみえて、十分前だというのに先にきて待っていた。身躾《みだしな》みのいい男だけあってプレスのきいた服を一着におよび、純白な絹のワイシャツに水玉模様の上物のネクタイをしめている。それを一瞥した房子は満足そうに頷いてドアをあけてやった。

「まだ伊豆の西海岸をみたことがないんです」

「じゃ往《い》きに西海岸をとおって下田《しもだ》へでるわ。帰りに東海岸をぬけることにするわね」

車首を小田原の方角へむけると、優しくいった。殺意を悟らせぬためには優しくしてやるに限る。

日曜日のこととて国道はかなり渋滞していたが、これは前もって計算に入れてあることだった。いらいらするととんでもないミスを犯すおそれがある。そしてそれが房子の命取りになるかもしれない。

熱海をすぎ三島《みしま》までくると、左折して伊豆半島の中央部を南下し、修善寺《しゅぜんじ》にでた。食堂に入って顔を覚えられてはつまらぬから、買っておいたサンドイッチを車の上で喰べ、昼食のかわりにした。

土肥《とい》の町にさしかかったのが二時。ここから海沿いに断崖のふちを南へ下って堂《どう》ケ島《がしま》を経て松崎《まつざき》に到着した。その間、富士を右手に絶景の連続である。修二は幾度となく感嘆の声をあげ、カメラを忘れたことを残念がった。

松崎から雲見《くもみ》、子浦《こうら》、妻良《めら》といった漁師町をぬけ、半島の先端をぐるっと回って石廊崎の手前まできたときには、陽もようやく暮れかけていた。黒ずんだ海は、ときどき対向車のヘッドライトを浴びて金色にかがやいた。房子は車を側道に乗り入れて停めると、修二の手をとって崖ふちの上を歩いていった。

かなり沖のほうに、大島通いの汽船でもあるのだろうか、ゆっくりとした速度で動いていくのが見えた。さらにずっと岸寄りの海面を、吃水線《きっすいせん》を沈めた貨物船が積荷をもて余したように、よたよたと走っていた。

「ねえお姉さま、何を積んでいるのかしら」

「砂利船よ」

と彼女は自信ありげに応じた。一週間前に下見にきたときも、おなじような砂利運搬船を見たのである。

「六時までにホテルに到着すれば充分だわ。しばらく坐っていましょうよ」

草の上に脚を投げだすと、修二もそれにならって腰をおろした。

「喉がかわいたわね」

「サンドイッチを喰べてから何も飲んでいないもの」

「おビールはないけども、ジュースの罐づめならあるのよ」

かたわらのバスケットから二個の罐をとりだした。指紋をつけぬよう、ここでも手袋をはめたままだ。栓をぬいてストローをさし込むと、修二に手わたした。即効性の毒は、そのストローに塗ってある。

「ぼくもお姉さまみたいに車を走らせてみたいな」

「習いなさいよ、簡単なものなのよ」

「いまみたいな仕事をしていると、思いきりスポーツカーを飛ばしてスカーッとした気分になりたいことがあるんです。我儘なお客ばかりなんだ」

唇のあいだにストローをはさむとちょっと言葉を切り、一息にジュースを吸い込んだ。喉を、ごくりごくりとつづけて二度鳴らし、ふっとストローを口から離して、なにやら考え込む表情になった。悟られたか？　そう思って房子も息をつめ、眸をこらしてじっと観察をつづけた。つぎの瞬間に男は悲鳴をあげて喉をかきむしったが、急に動きを止めると上体をなげだすようにして草の上に倒れた。

「どうしたの、修二さん、修二さん……」

体をゆすぶって呼びかけた。ついで息が絶えたことを確かめると、またバスケットのふたを開けて、手袋をはめた手を突っ込んだ。まずメモ帳をとりだすと屍体の上衣の左ポケットに入れ、新聞記事の切りぬきは胸のポケットに押し込んだ。淋しい、自殺をとげるには打ってつけの場所だった。彼女のほかには見ているものもない。

自分のジュースの罐をバスケットに入れると、遺留品のないことを確かめ車に乗った。ヘッドライトをつけ、スターターを踏んでおいてから、もういちど屍体に目をやった。急速に深くなっていく闇の中で、修二の屍体はほんのりと白く浮き上がって見えた。

いわゆる良心の呵責なるものを、房子はまるっきり感じていなかった。ただ勝利感と解放感にひたって、自由のありがたさを噛みしめていた。

「どうしたの？　急にうきうきしてきたね」

進介からもそういわれた。

8

そうしたある日、出しぬけに刑事の訪問を受けた。彼らはどちらもずんぐりとした身体つきで、精悍そのものの目をしていた。房子は、書斎にとおすと、書きかけの原稿をまとめ、上にガラスの文鎮をのせた。一体、なんの用事でやってきたのだろう。

「自殺された並江氏のことでうかがいました。故人の日記にしばしばあなたのお名前が出てくるものですからね。並江氏はあなたとの結婚を考えておいでのようでしたな」

「…………」

あのルーズな男が日記をつけていたとは意外である。刑事の言葉にどう答えていいのか房子は判断がつかぬまま、曖昧《あいまい》な表情を浮かべていた。

「並江氏が死なれた夕方、あなたはどこにおられたでしょうか。アリバイがあったら聞かせて下さい」

「そんなものはございませんわよ。並江さんが自殺なさったというのに、なぜ私のアリバイが問題になりますの？」

狼狽《ろうばい》をかくそうとして切口上になってしまった。

「じつはここ数日間にわたって、あなたの行動を内偵していたのです。その結果、立派な婚約者のおられることが判ったのですよ。いいかえれば、あなたには並江氏との交際を清算する必要があったわけですな。つまり、並江氏が邪魔になってきた、無理もないことですよ。大滝氏と男妾みたいな職業の人とでは、月とスッポンですからね」

「よく解りませんが……」

房子は顔を紅潮させていた。おこってみせる演技が必要であった。

「プライバシーをほじくり返すことはいい加減にしていただけません？　一歩ゆずって刑事さんのおっしゃるように、並江さんの存在が邪魔になったとしても、あの方は自殺なさったはずではございませんか。新聞には遺書もあったと書いてありましたけど」

「われわれは自殺でもないのに遺書があるのはおかしいと思ったものですから、いろいろ捜査をすすめました。あなたらしいサングラスの女性と並江氏とが、しばしばあの天婦羅屋で食事をされたことも摑んでいます」

刑事はダメをおすような言い方をした。しかし、ここで負けてはならない。自殺でないという証拠はどこにもないのだ。

「刑事さんのおっしゃることはいいがかりではございませんこと？　点数かせぎのために故意に自殺を他殺にすりかえていらっしゃるのね」

刑事はそろって苦笑した。

「説明が後回しになりましたが、自殺でないことは最初からはっきりしていたのです」

房子はぎょっとして身を固くした。自殺でないことがどうして判ったのか。

「あの日、並江氏は近所のクリーニング店へ行くと、店先で汚れた衣服をぬいで洗濯のできたシャツと服に着がえたのですよ。そしてぬいだほうのクリーニングを依頼して元気よく出ていったのです」

「自殺を覚悟して家を出たものが、クリーニングを頼むわけがないとおっしゃるのね。でも人間の心理なんて矛盾だらけのものなのよ。そんなことで他殺にされては無茶ですわ」

「いや、早合点されては困ります。わたしのいったのはそんなことではない。洗濯屋が預った服をあらためようとすると、財布や定期券が入っているんですな。一方、並江氏が着ていった服のポケットが空であることは、ドライクリーニングをする際に確かめていた。したがって並江氏はポケットに一文の銭も持たずに出かけたわけですが、その無一文の彼が、どうやって南伊豆まで行けたのでしょうか。誰かが車に乗せて通れていったとしか解釈のしようがないのです」

「…………」

「クリーニング屋のいうとおり、屍体となった並江氏のポケットには一銭もなかった。それでいて空っぽであるべきポケットには、遺書めいたメモ帳や新聞の切りぬきが入っていました。つまりこれは、並江氏を乗せてきた何者かが、やったこととしか考えられんのです。いうまでもなく自殺に仕たてるためです」

刑事は言葉を切り、女が自分の話を聞いていないのを知ると、不満そうに、鼻をならした。

葬送行進曲

1

その日の野添《のぞえ》は起きたときから不機嫌だった。起きるといっても、夜ふかしをする習慣が身についているポピュラー音楽の作曲家のことだ、朝食のテーブルに向ってトーストを囓《かじ》るのは午後の二時頃である。

食後、彼は車輪のない自転車のサドルにまたがると、ＦＭ放送の音楽にあわせて三十分ちかく脚を鍛《きた》えるのが日課だった。平素ならばペダルを踏みながらジョークを飛ばせて団《だん》を笑わせるのだが、この日に限ってむっつりと押し黙ったきりであった。蒼白くて頰のこけた男だが、機嫌のよくないときは矢張りふくれっ面にみえるから妙である。

また例の件で腹をたてているのだな、と団は思った。野添にしてみれば、ジャズシンガーの梅ケ瀬《うめがせ》ナミエとの情事はほんのつまみ喰いのつもりだったのだろう。ところが田舎娘だと思って小馬鹿にしていたこの女がなかなかの喰わせ者で、野添は火事場の屋根から落っこちた火消しのように手痛い火傷《やけど》を負ったのだった。尤《もっと》も、そこは何といっても世故《せこ》にたけた彼のことだから、週刊誌に嗅ぎつけられるようなへたな真似はしなかったけれども、女から桁《けた》はずれの慰謝料を請求され、なんとか金額を値切ろうとして苦慮している最中であった。

当然のことながら野添は怒りっぽくなっている。ポピュラー界では名の知れた蕩《とう》児《じ》でありながら、一面ひどく神経質でもあるこの作曲家は、物事を気にするたちでもあった。

「あいつときみは同じ楽団じゃないか。ナミエがあんなあばずれならば事前にそう注意してくれてもよさそうなもんだ」

不平そうにとがった目つきで団を見、八つ当りをすることもある。

「そんなことといっても無理だよ。彼女とは格別ふかいつき合いがあるわけじゃない。それにさ、騙されたのはきみばかりじゃない。このおれだって、栃木県の出身だから純朴な女だとばかり思っていたんだ」

無器用ったらしく弁明する。だが団は、このジャズシンガーが飛んでもないしたたか者であることは充分に知っていたくせに、故意に黙っていたのだった。もっとはっきりいってみれば、野添が手酷い目にあうことを胸中ひそかに期待して、その事態に至るのを息ひそめて見詰めていたのである。

テナーサックスのスタープレイヤーとして多くのファンを集めていた頃とは違って、音感を失い、いまや凋落《ちょうらく》の淵にたたされている団にとって、この蒼白い顔の作曲家がポピュラー音楽の寵児《ちょうじ》としてもてはやされているさまを眺めるのは、耐えられない苦痛であった。プロに転じてからすでに七年、このマンションで共同生活をするようになって満三年になる古い仲間だが、近頃では相手の顔をみただけで食欲が引っ込んでしまうくらいだ。世間では、ただ単に大学時代からおなじ釜のめしを喰ってきたということだけで二人を無二の親友だと決めてしまい、団もこのイメージを破ることにためらいを感じて、ともかくも表面だけは仲よくやっているようによそおっているのである。

野添が指摘したとおり団とナミエとは同じ「ハングリイ・ビーバーズ」のメンバーだから、彼女の性格はよく承知していた。大田原《おおたわら》の農家の出である彼女は金銭欲が人一倍つよく、どんなルートによるものかは判らないが土地の百姓が栽培している大麻の葉を仕入れてきては、仲間のだれかれに売り捌《さば》いている。

色こそ黒いがナミエは農家出身とは信じられぬほど異国風な顔立ちの女で、特にその大きな目は、じっと凝視《ぎようし》されると男性たるものブルッと身震いがするほど淫蕩的であった。その彼女が楽屋に水パイプを持ち込み、これみよがしにハッシッシを喫《の》んでいる姿は、アラビア風の舞台衣裳のせいもあって、「アラビアンナイト」にでてくるペルシャ王宮の侍女かなにかを連想させた。そしてナミエがそのとろんとした眸でもの憂げに相手を見やりながら、大麻タバコの味がいかにすばらしいものであるか、演奏するにあたっていかにビートを高めるものであるかを説くと、八名いるメンバーの全員がこぞってこの妖しげなタバコを求めて喫《す》うようになった。元来、ジャズメンのなかには麻薬にあこがれる傾向があるからでもあった。

ハッシッシがミュージシャンを興奮させ、その結果として目をみはるような即興演奏をさせることは事実である。殊に団はそのナウなプレイが人気をよび、わずか数カ月のあいだに若者たちのアイドルとなった。バンド仲間うちでは「尾張《おわり》名古屋は城でもち、ハング・ビーバーは団で持つ」と囁かれたのもその頃のことである。

団は、ずんぐりとした体つきの、いつも酒を呑んでいるような赤い顔をしており、その愛嬌のある丸顔がファンに親近感をいだかせたらしかった。だが当の団は、サキソフォンを抱えて陽気に振舞いながら、心のなかは必ずしも朗かではなかった。ハッシッシにしたしむようになって半年ほどたった頃から、自分の音感に自信を失いかけていたのである。自分の指がすべって一つ隣りのキイを押えているのを、仲間から注意されるまで気づかずにいたのが、そのきっかけになった。本来ならば自分の耳で聞き咎めるべきものであった。

「ハッシッシはそんなときに効果があんのよ。安くしたげるからさ」

ナミエはここぞとばかり大麻を売りつけ、彼の音感はいよいよ怪しくなっていった。団自身では、あと一年で使い物にならなくなるだろうとみている。いずれにしてもこのテナーサックスの奏者は、自棄《やけ》の状態に陥る一歩手前のところまで追い詰められていた。他人の不幸をみて手を叩きたい心境になっていたのである。

2

この日の野添が不機嫌でいる理由を団が誤解していたとしても、だから少しも不思議なことはなかった。そして彼がそのミスに気づいたのは、汗をおとした野添がくつろいだガウンに着更えた体を革張りのイスに落して、ふとい葉巻をふかしだしたときだった。団は団で、三角形の小さなグラスをテーブルにおき、ギムレットをつくろうとしてシェイカーを振っていた。

「こないだFM放送で、《首切り人のセレナーデ》って曲をやってたぜ」

「そうかね」

団はカクテルを作る手を止めようとはしなかった。

「いい曲だな」

「そう思うかい？」

「作曲したのは石垣二郎《いしがきじろう》って男だが、何者だ？」

「おれに訊かれても困るな」

野添は彼に背をむけたままである。吐き出すタバコの煙がゆるやかな渦を巻いて立ちのぼり、壁のクーラーのほうにたなびいていく。団はちらと相手のほうを盗み見ながら、シェイカーを振りつづけていた。

「困るかね？　訊かれて困るという理由でもあるのか」

野添はぐるりとイスを回転させると真向からサキソフォン吹きを見据えた。頬から顎にかけて一面にヒゲを生やしているせいか、顔色がいっそう蒼白くみえる。

「あの曲のメロディはおれがノートにメモしておいたやつにそっくりなんだ。勿論、瓜二つというほど似てはいないが、疑ってかかれば盗作じゃないかという気がする」

「盗作だなんて大袈裟だな。偶然ってことはおれ達が考えているよりもしばしば起こるものだよ」

「ふむ」

「東京のある大学の校歌が、アメリカのある大学の校歌にそっくりだということを指摘した音楽家がいた。われわれとは違って宗教音楽のほうの人だがね。日本の校歌は年代的にみて後にできているんだから、当然これは盗作ということになる。しかし偶然の相似も考えられなくはない。くわしいことは知らないが問題がそれ以上に発展しなかったところをみると、偶然説が大勢を制したのではないのかな？」

調子づいたように団はよく喋った。甲高くてどこか薄っぺらな感じのする声だった。

「その校歌は偶然の一致だったかもしれないさ。だがおれが問題にしていることは違う。《首切り人》ばかりじゃない、《五次元の恋人》も《シナントロープス》もそうだし、《こわれたオルゴール》という曲名で演奏されたものも、すべておれのメモ帳に書いてあるメロディなんだ。石垣二郎とやらの発想とこの野添正満《まさみつ》の発想とが二度三度まで一致したとなると、こいつは偶然で片づけられる問題じゃない」

「ま、それはそうだけど……」

と、団ははじめてたじろぎを見せた。福々しい顔に赤味がさしてきたのは心中の狼狽のせいであった。彼は両手を頭のよこに伸ばした恰好でなおもシェイカーを振りつづけていた。

「おれがメロディを思い浮べるたびにメモしているのはきみも知ってる筈だ。このメモを自由に覗けるのは世界中できみ一人だってことが、いまの場合に重大な意味をもってくる」

「なんだかよく解らないな。もう少しはっきりいって貰えないかね」

ようやく団はシェイカーをゆすぶる手を止めると、キャップをとった。落着こうと努力するのだが指先が小刻みにふるえ、シェイカーの口がグラスのふちに当って小さな音をたてた。

「そんな水っぽいギムレットなんか呑むな。元気をつけたいなら、バーボンをストレートでやったらどうだ」

うすい唇の端をひきつらせて野添は笑った。

「石垣二郎がきみの変名ならばきみが盗作の張本人だってことになるし、仮りにそいつがきみ以外の人間だとすれば、きみがおれのメロディを盗んでそいつに提供したことになるんだ。いいかい団、おれは根拠もなしにきみを糾弾《きゅうだん》しているわけじゃない。石垣二郎があした新曲を作るたびに、きみの預金がふくれ上っていることも調査済みだ。私立探偵をつかって徹底的にしらべさせた上での発言だからな、言い逃れはできないぜ」

団がちょっとなにかいわれると真赤になるのとは反対に、野添は酔ったときも怒ったときも真蒼になるたちだった。

野添は、ひたいにたれる髪を邪慳《じゃけん》に払いのけた。

「認めるか」

詰めよるように彼がいい、団は逃げ口上をさがそうとして素早くあたりを見廻した。が、すべては彼が論難したとおりなのだ、遁辞《とんじ》のあるはずがない。強いていえばこのサキソフォン奏者は友人の好意をあてにし、それに甘えていた。なにかの拍子に一切が明るみにでたなら、大袈裟に頭をかいて謝るつもりだったのだ。そこは永年の親友だ、すべては笑いのうちに解決するだろうと思っていた。ノミ屋の借金を清算するためには、こうする他はなかったのである。

「なんとなくいいそびれてしまったんだ」

「石垣ってのはきみの変名か」

「別人だ。このところスランプ気味でいい曲が書けずにいる。ちょっとした義理があるもんでね、泣きつかれたときに心に浮んだメロディを譲ってやったんだが、それがきみのメモにスケッチされていた曲であることに気づいたときは後の祭りってやつで、もうどうにもならなかった」

その場で思いついた嘘をぺらぺらと並べたてた。それを相手が信じて機嫌をなおしてくれればしめたものだ。

だが作曲家はけわしい表情をゆるめようとはしなかった。

「きみにどんな義理があったかおれには関係ないことだ。いまきみに要求したいことは二つある。一つは今日中にこの部屋を引き払ってもらうことだ。裏切り者と一緒に暮すほどおれは寛大な性格ではないからな」

「そりゃ無茶だ、アパートを探すにしても三日や四日はかかる」

「そんなことは理由にならん。友達のところへ転げ込んだって二、三日はおいてくれるだろう。ホテルに泊ったっていいし、安く上げたければ山谷《さんや》のドヤにいくという手もある」

怒りを必死に押えているような、感情のない口調だった。

「もう一つはいうまでもないことだが、作曲料の返済だ。おれの相場は一曲あたり二百万だから、あわせて八百万円を一年以内に返してもらう」

「そいつは無茶だ。おれは二十万で――」

思わず悲鳴をあげた。

「きみが幾らで売りとばしたかおれの知ったことじゃないさ。一曲につき二百万というのは誰もが認める正当な要求額だ。払わなければこちらにも考えがある。お人好しのおれだが、そういつまでも甘い顔をしてはいられないからな」

「……………」

「きみが全額を返済すれば、おれとしては他にいうことはない。だからこの件は、二人だけの秘密にしておいてもいい」

「うむ、そうしてくれれば有難いが……」

すでに団は一切の非をみとめたように、素直に応じた。

「一緒に暮していたものが急に別れたとなると、世間がおやっと思うに違いない。納得するような文句を考えておいたほうがいいのじゃないか」

「うむ」

「だから、人がいるとおれの気が散って作曲することができなくなった、ということにしたらどうだろう。きみのほうで気をきかせて出ていったように見せるのだ」

前々から考えていたように作曲家がいった。

「よし、解った」

「それじゃ仕度をしろよ」

いいたいだけのことを喋ると、もう用はないとでもいうふうに、くるっと向うをむいてしまった。その背中になにかいいかけようとした団は、だが、すぐ思い返して立ち上ると、ギムレットに未練ありげな一瞥をくれて居間をでていった。野添自身がいうように多分に好人物なたちだけれど、そうした男によく見掛けるとおり、いったん臍《へそ》を曲げられると手の打ちようがない。いまとなっては何をしても無駄であることを団はよく知っていた。

サキソフォン吹きは黙って自分の寝室にとって返すと、外国のテレビ映画でよくやるように、寝台の下からスーツケースを取りだしてシーツの上にのせると、そのなかに下着類をつめはじめた。

3

九段坂《くだんざか》の上にそそり立った快適なスカイマンションから赤坂のこの鉄筋アパートに移転して早くも二カ月たっている。瘠《や》せても枯れてもサキソフォン吹きとして名を知られた団だから、安アパートに入るわけにはいかない。いまの彼にとってこの新しい部屋は贅沢にすぎる感がしたけれど、二カ月前まで暮していたマンションのことを思うと、ここは豚小屋のようなものだった。

問題の借金は月々五十万ずつ返済することで話はついていたが、その金額を捻出するため、人にはいえぬ苦労をした。失われた音感がもとどおりになるかどうか、医者は保証のかぎりではないという。しかしテナーサックスを吹くほかに才能がない団としては、そのわずかばかりの可能性に賭ける以外はない。内科と精神科に払う治療費だけでも相当の額にのぼるというのに、五十万の借金をどうやって都合すればいいのか。寝床に腹這いになって安ウィスキーを呑みながら、もう一度競馬で大穴をねらおうかなどと考えてみる。だがその競馬がもとでこうした苦境に立たされたことを思うと、再び馬券を買う気にはなれなかった。

その五十万も、一回目と二回目は親、友人のあいだを駆けめぐって調達することができたが、つぎの三回目ともなると借りる当てはどこにもない。野添の真似をして五線紙をひろげてみても、一匹のオタマジャクシすら書けなかった。たまにいい旋律が浮び、おれにも才能があるじゃないかと思って胸をおどらせることもある。だが落着いてよく考えてみると、それはパチンコ屋からながれてきた流行歌の断片であったり、街角で耳にしたチンドン屋のクラリネットの歌であったりした。五日間も五線紙と睨み合ったすえに発見したのは、作曲するには特別の頭脳が必要だということだけであった。

団の顔は依然としてまん丸ではあったけれども、そして血色のいいことも変りはなかったけれども、仲間がよく注意をして眺めたならば、その丸い顔にはとらえどころのない翳りがあり、陽気な動作がわざとつくられたものであることに気づく筈であった。その翳りのある仮面のかげで、団はひそかに一つのことを検討していた。残りの数百万円の金をはらわずにすむ方法を考えていた。

人を殺しておいて、それが自然死あるいは事故死にみせかけることができたならば、犯人は永久に追及から逃れられるのだから、これに越したことはない。団はまずこの目標と取り組んで明け暮れ頭脳をしぼりつづけた。だが空想世界ではうまく成功しそうなすばらしい思いつきが浮んでも、それを現実世界で実行したとすると、必ずしも巧くいくとは考えられなかった。彼が創案したプランの一つは絶対に確実な方法だったけれど、万一その日に雨が降れば忽ち馬脚をあらわしてしまうのであった。気象庁の発表がいかにあてにならないかということは、団もつねづね痛感しているのだ。したがって翌日の天候が、百パーセント晴天であることが保証される時代が来ぬかぎり、その名案も小説世界では成立したとしても、現実の世界では完全犯罪とはなり得ないのである。

そうしたことを考えているうちに五日すぎ一週間すぎ、やがて約束の期限が迫ってきた。彼としては殺人を事故死にみせかけようという思い付きを捨てて、殺人であることは明白であるけれども、犯人である団には些《いささ》かの疑いもかからぬという手段に切りかえなくてはならなくなった。

この場合に検討の対象となるものは二つある。一つは、犯行を第三者に覗き込まれないようにするとか、逃走する後ろ姿を通行人に目撃されないようにするとかいった、いってみれば消極的な対策であった。団は、殺人現場を九段のマンションの野添の部屋に内定している。だから訪問客や窓ガラスの清掃人に覗かれぬためには、ドアにロックするなり窓にカーテンをおろすことを忘れさえしなければ、べつに問題はなかった。

また、仮りに逃げる際に隣室の住人とばったり顔を合わせるような不測の事態が生じたとしても、できるだけ平静に振舞えばいいのだ。自分の服が返り血で朱《あけ》に染っているとか、野添の反抗にあって顔に大きなアザでもできていればべつだけれど、そうしたことさえなければ怪しまれるはずもない。

さて、もう一つの積極的ともいうべき案は偽装犯人を用意することと、団自身のアリバイを準備することだった。犯行時に、マンションから遠くはなれた場所にいるというアリバイがありさえすれば、借金の返済を迫られて窮地に陥っていたことが明るみにでたとしても、彼の身は安全なのだ。

しかし、同じ人間が一方では九段で殺人を犯し、もう一方では六本木のスナックでバンド仲間と酒を呑むということが出来るわけがない。いま団が考えているのは、犯行時刻を実際よりも三十分程度おそくみせかけて、つまり被害者である野添が殺されたのちもなお三十分間生きつづけていたように工作しておき、その三十分という時間をフルに活用して別の場所へとんでいこうという作戦だった。

その場所が六本木のスナックか新宿のバーか、それとも馴染みのホステスとしけ込んだモーテルの一室であるかはまだ決めていないけれども、野添が殺された頃にべつの場所にいたことは容易に立証されるのである。だから、もし運悪くマンションの部屋をでたところで管理人とすれ違ったところで、びくびくすることはない。刑事にその点を突っ込まれたならば、いたずらに下手な隠しだてはせずに、野添を訪ねたことはあっさり肯定し、別れるときの作曲家がまだ元気で生きていたことを主張すればよいのだ。

「新曲ができたので聞きに来いといわれましてね、そう、三十分ばかし話をしたかな。なんだか客がくるらしいんで遠慮して帰ったんですよ。勿論、別れるときは元気でした。ただこう、いまから思うと何かトラブルでもあるらしく、ときどき考え込むような表情をみせるときがありましたね」

つとめて自然な口調でそういってやればいい。

偽装犯人を仕立てることについては、周囲に理想的な人物がいた。いや、その人間がいたからこそ、犯人製造を思いついたのである。ジャズシンガーの梅ケ瀬ナミエがそれだ。

野添と彼女とのあいだのトラブルはまだ解決をみていない。どちらかというと彼は払いの汚ないたちの男だし、ナミエはまた人並みはずれた守銭奴にちかい女である。こじれた話が、そう簡単にかたがつく筈もないのだった。だから、もし野添のマンションをナミエが単身おとずれたとしたら、相互に大声で相手をののしり合うことも容易に想定できることだし、それが殺人にまでエスカレートしても何の不思議もない。つまり、野添がこのジャズ歌手に殺されたとしても、それに疑念をさしはさむ人はいないのである。

4

「ハングリイ・ビーバーズ」を中心にして、大麻の愛好家は徐々に数をましていった。団だけが異常体質だったのか、それとも他の連中はそろって鈍感なのか判らぬけれど、音感が怪しくなったことを訴えるものはひとりもいない。勿論、団にしても音感が狂ってきたことは誰にも告白していないから、大麻の害毒を身近に感じるものがなかったとも考えられるのである。いずれにしてもナミエが有卦《うけ》に入《い》っていることは事実だった。ハッシッシに手を出そうとしない団を軽蔑の目でみるようになり、ステージで演奏しているときなどに、それと気づかぬやり方で意地悪をしたりした。

「商売繁昌はありがたいけど、もう駄目。これ以上は手が廻らないわ」

溜め息をついて見せながら、強欲な彼女はバンドの演奏のない日を利用しては自家用車を駆って郷里へもどっていき、なんとか品物を都合してくるのだった。それにしても、これだけの需要をどうしてまかなっているのだろうか、と団はいぶかしく思うことがある。タバコと同様に、大麻の栽培もきびしい監督をうけている。いまのように要求される量が大きくなってくると、不良農家が監視の目をかすめて渡してくれるような微々たる葉っぱではまかないきれなくなる筈である。

そっと観察をつづけているとさまざまなことが判ってきた。ナミエと同行したとのある米兵から聞いたのだけれど、最近の彼女は土地勘のあるのをいいことに、県下の大麻畑を片端から荒しまわっているのだった。それも一個所で大量に盗むと目立つから、ここで一本むこうで二本というように自家用車の機動性を活用してほうぼうの畑から集める。それも根から引き抜かずに途中から折りとってくるので、夜が明けて見廻りにきた持主も、野犬のいたずらぐらいにしか考えない。それを勘定にいれた上で、また図々しく出掛けていくのだ。

ナミエがひそかに呼んでいる「植物採集」にいくときを選んで、団は犯行することに決めていた。後で刑事の訊問を受けたナミエは、なんとかして身の証《あかし》をたてたいと思うだろうが、うかうかと大麻を盗んでいたことを白状するわけにはいかない。大麻の件は伏せておいてひと晩中栃木県下を走り廻っていたことを主張したとしても、それを証明してくれるものはいないのである。

では、彼女の犯行にみせかけるにはどうすればいいのか。最初に団が思いついたのは、あらかじめナミエの所持品をこっそり盗んでおき、それを野添の屍体のかたわらに遺棄してくることだった。しかし、さらによく検討してみると、それはいかにも作為的でありすぎて、ベテラン刑事の目を誤魔化すことは難しいような気がしてきた。

さらにまた、事件発生前にナミエが紛失に気づいて騒ぎ立てていたとしたら、後日その品物が殺人現場で発見されたという報道を聞いた人々は、ナミエが犯人ではなくて犠牲者であることを直感するに違いなかった。こう考えてくると、彼女の所持品を遺留するというやり方は拙劣の一語につきるのだ。

とはいうものの、ナミエを犯人に仕立てるにはこの方法が最も効果的であることは事実であった。つぎに団が知恵をしぼったのは、ナミエの所持品でありながら盗まれたことに一向に気づかぬものは何か、という設問だった。一見したところそれは非常に難問のようにみえたけれど、団が思いついた解答はごくありふれた他愛のないことでしかなかった。しかもこれは作為の跡のほとんど目立たない、理想的な手段であるともいえた。

多くのバンドがそうであるように、「ハングリイ・ビーバーズ」が演奏するのは都心の舞台に限ったものではなく、地方に招かれることもあれば都内のホテルに出演することもある。当然のことだが楽屋の設備も千差万別で、場所によっては男女の楽屋に区別のないときもあった。現に、いまでている川口のキャバレーがそれであり、その点が団の計画にうまく合った。

ショウの出演は夜の七時からの約束になっている。演奏ずれのしたミュージシャンばかりだけれど、出番を待つあいだはなんとなく落着けない気持になるのだ。そうかといって、ここで大麻をふかすわけにもいかないから、小瓶のウィスキーをラッパ呑みしてみたり、小型テレビの画面を覗いてプロレスに賭けたりする。だがナミエだけは別だ。出演の前でも休憩の時間でも、ひとり三面鏡に向って化粧なおしに余念がない。

その夜の団は仲間と花札をひきながら、ナミエがドーランをぬったり睫毛をつけたり、最後に爪の手入れをすませ、櫛をちり紙でぬぐい捨てるさまをそっと盗み見ていた。そしてボーイが出番の時刻を知らせに来て一同が立ち上ったときに、持っていた万年筆をくず籠におとして、それを拾うふりをして汚れたティッシュペーパーを取り出し素早くポケットに入れた。この紙には金色に染められた彼女の毛髪が何本かついているに違いなく、それを現場に残してくるのが団の計画であった。

5

今月は一日の休暇のあと浜松《はままつ》のレストランに出演し、ひきつづき関西から中国をまわるハードスケジュールが立ててあるので、ナミエがこの夜の機会を逃すとは思えなかった。早目に夕食をすませた団は、本郷妻恋坂《ほんごうつまごいざか》にある彼女のマンションにレンタカーを乗りつけて待機していた。団がフォルクスワーゲンを持っていることはバンドの全員が知っているので、わざわざ時間貸しの車を利用したのだ。これは濃紺のライトバンだから、顔を覗かれぬ以上は、運転しているのが団であることを気づかれる心配はない。

最初の二時間はナミエが今夜遠征にでることは間違いないとみていたが、九時になり十時になっても姿を見せないので、そろそろ自信がゆらいできた。やがて十一時を過ぎ、今夜は出掛ける気がないのかと諦めかけたときに、正面の階段をおりてくるジーパンの脚がみえ、入口の回転扉からナミエが出てきた。髪を黒のネッカチーフで包み、ゴム底の靴をはいているとみえて靴音が全く聞えない。

お洒落な彼女がこんないでたちになるのは、畑泥棒するとき以外にはあり得ないのである。失いかけていた自信を、団は急速にとり戻した。

　この場合、団がなによりも先に確かめたかったのは彼女の髪の色だった。昨夜おそくまで演奏していたときは間違いなく金髪だったけれど、その後気がかわって栗色に染め変えたことも考えられるからである。もしべつの色に染めてあったら、この計画は放棄するつもりでいた。栗毛なり赤毛の女が犯行現場に金髪をのこしていったとしたら、それが犯人の工作であることは立ち所に判ってしまう。だから団は丸い顔に緊張のいろをうかべ、運転席に身を沈めて相手の髪の色を見きわめようとしていた。

　いったん自家用車に乗り込んだナミエは何か忘れ物をしたらしく、急ぎ足で部屋にもどる様子だったが、二分もしないうちに出てくると再び運転席に坐った。そしてセルモーターを入れようとして頭を動かした拍子に、ネッカチーフからはみ出た髪が車内灯をあびて金色に光ってみえた。団はハンカチをとりだしておでこの汗を拭いた。

　ナミエの車がスタートすると充分に車間をとって後を追った。この辺り一帯は連れ込み旅館や終夜営業のスナックが多く、一日中でいまがいちばん混雑する時刻であった。ともすれば見失いそうになるナミエのテールライトを目標に、団は懸命に追跡していった。

ナミエは裏通りを走りつづけてから、黒門町のあたりから大通りにでると、車首を上野にむけた。彼女が日光街道に入ろうとしていることはほぼ間違いなかったけれど、それでも団は速断を避けて、なおも尾行をつづけた。そして千住《せんじゅ》大橋までいったところでUターンすると、野添のマンションに向った。上越方面に初雪が降ったというこの夜は、東京でもかなり冷え込んだが、先程から団はヒーターをつけることを忘れていた。暖房がなくても彼の体はほてりつづけていたのである。

上野から須田町《すだちょう》にでて右折すると、駿河台《するがだい》下をとおって九段下にさしかかった。三年間住みなれたマンションは九段坂を登りきったところに、彼を威圧するように建っていた。赤信号で停車したときに、六階の窓を一つずつ勘定して、これから殺人をやろうとする部屋を探し求めてみた。だがそれを数え終えないうちに信号灯は青になった。

坂を登りながら、片手でズボンのポケットを上から撫でてみた。用意して来た兇器はロープだが、現場に適当なものがあれば、躊躇なくそれを使用する気でいた。

野添のマンションは堅気《かたぎ》の住人がほとんどだったから、夜中の一時をすぎたいま誰もが眠りについていた。入口のホールにもエレベーターのなかにも人影はなく、目撃される心配はまったくないにもかかわらず、団の心臓は急ピッチで鳴りつづけているのだった。いっそこのまま下降のボタンを押して逃げ帰ろうかとも思った。ここで殺人を断念すれば、団がこんな大それた犯罪を計画したことを知るものはいないのである。

しかし団は、降下ボタンを押さなかった。押すべきかどうか決心がつかぬうちにリフトは六階に停止し、扉が開くとともに、彼は習慣的に廊下に踏み出して野添の部屋へむかって歩いていた。

ブザーを鳴らし、それに応じて野添がガウン姿で現われたとき、団の口中はからからに乾いていて舌がうまく回転しなかった。

「まあ入れよ」

「ああ」

辛《かろ》うじて彼はかすれた声をだした。

水道の水を飲んでようやく心を落着かせた。だが、そうした場合でも指紋を残すようなことはしない。コップを使わずに掌に水を受けたのだし、コックをねじるときはハンカチを用いた。野添はＦＭの深夜放送に気をとられていたので、それに気づいた様子もなかった。

「夕めしが塩辛かったもんでね」

そう弁解しておいてコートを脱ぎ、上衣のふくらんだ内ポケットの上を叩いてみせた。金を持参したという意味のゼスチュアだが、ポケットに入っているのは新聞紙を切ったものだった。

「来るには及ばなかったのにな。口座に振り込んでくれれば簡単だ」

「折角やって来たのにそういうなよ。久し振りできみの顔もみたかったしね」

団の丸い顔がにこにこすると、どう見ても嘘をついているとは思えない。

「部屋の様子も昔のままだな」

「大袈裟な。あれから三カ月しかたっていないじゃないか」

だが、団が部屋のなかを見廻していたのは懐旧の情にひたっていたからではなく、窓のカーテンが完全に引いてあることを確認するためだった。どこから覗かれているか知れたものではない。深夜に他人の部屋を望遠鏡でながめる酔狂な人がいるとは思えないけれど、用心をするに越したことはないのだ。

ＦＭ放送はかなりのヴォリュウムを上げてクラシックのピアノ曲をやっていたが、団はポピュラー以外には関心がない。何の曲だか見当もつかなかった。間伸びのしたその音楽を聞いていると、団の気持は逆にいらだってくる。彼としてはなるべく早くかたをつけてしまいたかった。ポケットの金が古新聞であることに気づかれる前に、野添の息の根をとめておかねばならないのだ。

「ところで、古沢《ふるさわ》の電話番号を知らないかい？　たしか同窓会誌に番号が変更したことがでていたと思うけど、肝心の会誌をなくしちゃってね」

古沢勝彦《かつひこ》はおなじ大学をでた共通の友人であり、卒業以来会っていないが、ときたま話題になることはあったのである。大阪の製薬会社に勤務している。

団のいうことを真に受けた野添は、書棚から同窓会誌をひきぬいてページをくっていたが、すぐに求めるものを探し出した。

「ここにある」

「すまないがメモしてくれないか」

「よしきた」

机に向って大型のメモ用紙をひろげると、鉛筆で電話番号を写しおえた。その瞬間を団は待ち構えていた。野添が顔をあげるのと、机にのせてあった棒状の文鎮のふりおろされたのとが同時だった。野添は本能的に手をあげて防ごうとし、だがその甲斐もなく真向からひたいを割られて、血まみれになりながら飛びかかろうとしてきた。団はもう一度文鎮をふりかざすと、同じ動作をくり返した。再び鮮血がとび散り、作曲家はうめき声ひとつあげずに、ずるずるとイスの下に倒れ込んだ。

いざとなれば度胸がすわるものだろうか、先程の団とは別人のように冷静に行動した。まずひざまずいて絶息したことを確かめると、野添の右の掌を押しひろげておき、用意して来たナミエの髪を三本とりだして、かたく握らせた。ついで鏡の前までいって服に血がついているかどうかを充分にチェックした。多少の返り血はコートを着て隠すことができるが、全身朱に染ったのでは処置に困るのである。

殆《ほとん》ど血をあびていないことを確かめると、つぎに同窓会誌と兇器を取り上げてポケットに入れた。いうまでもなく、これは持ち帰って処分してしまわなくてはならない。

血は机の上からフロアスタンド、FMラジオにまで飛んでいる。団はその血を踏んで足跡をつけることを避けながら、ハンカチでドアのノブをつかんで廊下にでた。それまで夢中だったからなにも解らなかったのだけれど、ふと気がつくと、深夜放送のラジオはショパンの「葬送行進曲」をやっているところだった。クラシック音楽に興味のない彼も、この曲だけは幾度となく耳にする機会があったのである。いうまでもなくこれは偶然の一致にすぎないのだけれど、場合が場合だけに、楽天的な団の顔に恐怖の表情がうかび、一瞬その場に立ちすくんだ。

芸能人にありがちのことだが彼もジンクスにこだわるたちである。なんだか不吉なことの起こる予感のようなものを団は感じていやな気持になった。

6

マンションを出たときが一時三十五分。交通渋滞のない深夜の通りをつっ走って赤坂のアパートに帰り着いたのが十五分後の二時十分前であった。仕事の性質上、真夜中に帰宅するのは毎度のことだから、それを怪しむものはいない。車を停めると、団は堂々と廊下を歩いて自室の前に立ち、キイホルダーから鍵をとりだした。だが、一歩室内に入ると彼の態度は一変して慎重なものになった。ポケットから兇器に用いた文鎮をだすと、水道の蛇口の下へもっていって石鹸をぬりたくり、血痕が落ちるまで幾度となく洗った。そして水気をすっかり拭きとってから天井裏にかくした。勿論、この程度のことで完全に血がとれたとは思っていない。夜が明けたら竹芝《たけしば》桟橋あたりへいって、海中深く沈めるつもりだった。

それがすむと、今度は会誌を一ページずつ細かく破いてちり籠に投げ込んだ。これも後で庭の焼却炉に入れて完全に灰になるまで燃やす予定でいた。

団は腕時計をみ、机の上の置時計に目をやって時刻が二時七分であることを確かめた。野添を殺して三十分以上が経過したことになる。

団はかるく目をとじてこれからやることを胸中で復唱してみる。その文句はいままでに何回となくくり返して練習をしており、頭のなかに充分に叩き込んでいるのだが、いざとなると、やはり心もとなくとちりそうな気がするのだ。

思い切って受話器をとり、ダイアルを一〇五と廻した。深夜勤務の交換手がすぐに応答した。

「電話番号をお訊きしたいのです。大阪です」

「はい、そのままでお待ち下さい」

通話がちょっと途切れた。わずか一秒か二秒のあいだだったが、団は緊張に顔をあからめて、二度も唾をのみ込んだ。

「もしもし……」

大阪の交換手の声にかわった。

「真夜中にすみません、住所は池田《いけだ》市宇保町《うほちょう》、七七七番地。……古沢さんです。古沢勝彦……」

「はい。少々お待ち下さい」

受話器がかけられると同時に、オルゴールの綺麗なメロディが伝わってきた。団もよく知っているアイルランドの民謡だったが、いまの彼はその民謡の名を思い浮べる心の余裕は持っていなかった。ドラマのクライマックスがこの直後に待ち受けているからだ。

「お待たせしました。古沢さんの番号は……」

交換手が伝えてくれるナンバーを、団は鉛筆を走らせて紙の上に筆記した。そして礼をいいかけた途中で受話器をとりおとすと、その送話器にむけて悲鳴を上げた。

「おい、何をする！　おい――」

机の本立てを倒しウィスキーの瓶を引っくり返し、つづいて苦痛にみちた呻き声をだした。おそらく交換手は石像のように身じろぎもしないで、全身の神経を耳に集中してこのドラマを聞いていることだろう。やがて一切が上司に報告され、上司はそれを警察に連絡するだろう。ひょっとすると、熟睡中の古沢が叩き起こされてあれこれと訊問されるかもしれない。だが古沢がどんな迷惑をこうむろうと団の知ったことではなかった。彼にしてみれば、被害者の名と場所は不明だけれども、二時十分という時刻に東京のどこかで殺人のあったことを記録させるのが目的だったのである。

団は、さも殺人者がやったように、乱暴に受話器をのせた。そしてタバコをくわえるとライターで火をつけておいて部屋をでた。彼のアリバイ工作はこれですべてが終了したわけではない。犯行が二時十分であることは充分に印象づけた筈だが、その時刻に団が現場をはるか離れたところにいたことを明確にする必要があるのだ。

今度は車にのらずに歩いて大通りにでた。ほんの三分ほどいくと「ブーケダムール」という深夜スナックがありバタ臭い名前をつけたくせにマダムは祇園《ぎおん》の出身で、顔馴染みの客がくるとねっとりとした京都弁で挨拶をするのだった。口のわるい連中が看板倒れだと陰口をきくのは、このマダムがそれほどの美人ではないからである。

「あの程度の顔でお職を張っていたとすると、祇園も大したことはねえな」

客のなかには団と知り合いのミュージシャンもいて、彼の顔をみると遠慮のない感想をのべたりする。

「おいでやす」

「今夜は冷えるねえ。誰か来ていない？」

団は一階と、吹きぬけになっている二階に目をやった。場所柄、店の客は大半が仕事をおえたテレビタレントやバンドマンであった。職場の労働から解放された彼等は、ここで一日の緊張を解きほぐした後で、それぞれの寝ぐらへ帰っていくのである。

「今夜はどなたも……。生憎どすなあ」

「なあに、いいんだ。マダムの顔を眺めているから」

うきうきした調子で冗談をいった。このしっかり者のマダムが証人になってくれれば彼のアリバイ計画は完璧になる。そう考えると心が浮き立ってきて冗談をいわずにはいられないのだ。

「それじゃここに坐らせてもらうぜ。邪魔はしないから」

カウンターの横の席に腰をおろすと、バーテンと目顔で挨拶をしてから、わざと時刻を訊ねて遅れた時計の針を合わせるふりをしてみせた。こうして彼のアリバイは一段と完璧性を増してゆき、上機嫌になった団はボーイ相手にしきりにジョークを飛ばしたり警句を吐いたりしていた。

店のなかには壁に仕込まれた性能のいいスピーカーを通じて、小さく絞ったムード音楽が流れている。それがまた、いらだった芸能人の神経をやわらげることにもなっているのだが、そのうちのゆるやかなテンポの曲の旋律が彼にショパンの「葬送行進曲」を連想させて、団は急に不機嫌になっていった。

　だがつぎの瞬間、彼の苦い表情はたちまちどこかへけし飛んでしまい、驚愕とも絶望ともつかぬものがとって替った。完全犯罪を信じて得々としていた団は、いまにして救い難い大きなミスに気づいたからだった。野添の部屋のＦＭラジオは夜が明けるまで放送をつづけているのである。とすると、そこで発生した殺人ドラマの一切の音は、そのラジオの音楽も含めて交換手の耳に聞えていなくてはならぬ筈だった。だが、団の部屋にはラジオもなければステレオもない。ただやたらに効果音が聞えただけで音楽は一小節すら流れていなかった。大阪の交換手がそれに気づかなければ問題はないが、もし気づいたとしたら、その途端に団のアリバイは崩れてしまうのだ。

　血がかーっと頭に逆流するとともに、団は目の前がまっ暗になった。いまとなってはもう手の打ちようがない。一切が破滅だと思った。だが逆上しながらもなお、心の隅に平静な部分が残っていて、ボーイやバーテンの前で不審な振舞いをしてはならぬと考えていた。彼は殊更《ことさら》ポーカーフェイスをよそおうと、珈琲の香りを楽しむようにゆっくりと味わっていた。

　心が落ち着きをとり戻してくると、当然のことかもしれないが、ムード音楽が聞えはじめた。先程の不快な曲は、かぐわしい愛のやさしい調べに変っている。それに耳を傾けていると、あれほど猛《たけ》り狂った彼の心も次第になごんでくるようだった。同時に団は、起死回生ともいうべき妙手のあることに思い至ったのである。

いや、妙手などといっては大袈裟にすぎる。じつに簡単な方法であり、それに思いつかなかったほうがどうかしていたのだ。団は、いますぐにもこの店を飛び出して九段のマンションにとって返し、犯行現場にそっと忍び込んでFMラジオのスイッチを切りたかった。ラジオの音をとめてさえおけば、問題は一挙に解消してしまうからだ。彼ははやる心をぐっと押えつけると、もう一杯の珈琲を注文した。

7

団の犯罪計画の結末は推理小説によくあるパターンのとおりに進行した。浜松のステージをすませて名古屋の公演に入ってから二日目の夜、一回目の舞台をすませてメンバーが大きな声で冗談をいいながら楽屋に戻ってくると、そこに二人の刑事が待っていた。どちらも浅黒くひきしまった顔をしており、典型的な刑事タイプである。

彼等がわざわざ東京から来たことを知った途端に、一同ははっと顔色を変え、ただ団のみが冷静だった。なかでもナミエのショックは並はずれたもので、楽屋の入口で失神すると壁におでこを打ちつけ、商売道具の大切な顔を血まみれにしてしまった。メンバーの全員が、大麻タバコの一件がばれて手入れを受けたものと速断したからである。

だが刑事の用があった相手は、その場の様子を他人事のように冷ややかな目で眺めていた団のほうであった。彼等はそれが団であることを確かめた上で、他の団員を部屋から退去させると、さてといった顔をしておもむろにイスを引きよせた。

ちょっとどぎまぎしたものの、団は依然として落着いていた。完全犯罪の自信があるから、一応は疑われるのも止むを得ないが、嫌疑は一瞬にしてはれるものと思っている。

「新幹線は混んだでしょうな。え？　がらがらでしたか。それはよかった。ひょっとすると新幹線も赤字路線に転落しますかな、アハハ」

「まじめな話でうかがったのです。下手をすると命取りになるかもしれんですから、慎重に考えた上で答えて下さい」

年上の刑事はにこりともしないで釘をさした。

「野添さんが殺されたことはご存知でしょうな」

「はあ。びっくりしました。葬式のときはステージを休んで出席しましたよ」

と、彼も笑顔をひっこめた。相手の駄目押しをするような口吻《くちぶり》が不快であり、また不安でもあった。

「あなたが野添さんの曲を無断で売りとばしたことも、毎月五十万円の返済に追われていることも調べがついています。同時に、大阪の電話局にクラスメートの電話番号を訊ねたのが野添さんではなかったことも判っているのです。古沢氏が野添さんの友人であるとともに、あなたの友人でもあったとすると、同氏の家の番号を問い合わせたのはあなたではなかったか、ということになります」

「それはこじつけの論理ではないですか。野添君が殺された頃、ぼくは赤坂の深夜スナックにいましたよ。マダムに訊いてくれれば簡単に判ります。いや、バーテンも知ってる筈だ」

「問題はそこですよ、団さん」

と、刑事はサキソフォン吹きの抗議を黙殺するようにいった。

「われわれが注目したのは現場に飛び散っていた血痕です。机や床の上にとんだ血がまだなまなましいのに、ラジオの上の血痕だけが乾いている点に興味を感じたのです」

刑事は反応をうかがうように、嫌な目つきで団を見詰めた。

「乾いていたのは、犯行後数時間はラジオがついていた、真空管があたたまっていたことを意味しているのです。科警研の測定では殺人のあとで四時間はついていたという。つまり犯人は何かの理由で四時間後に現場にもどると、ラジオを消して逃げたことになるんです」

「…………」

「だからもし野添さんが大阪の電話局に問い合わせた当人だったとすると、バックにラジオが鳴っていなければならなかったことになる」

団が秘かに危惧していたことが、手を打ったにもかかわらず現実の問題として襲いかかってきたのだ。抗弁する気力を失った彼は、ただ無表情に刑事の顔をみていた。

解説

山前《やままえ》　譲《ゆずる》
（推理小説研究家）

鮎川哲也氏がクラシック音楽、とりわけ声楽曲の鑑賞を趣味にしていたことはよく知られているだろう。集めたレコードはかなりの数である。長編『沈黙の函《はこ》』はその趣味が最も生かされた作品だが、クラシック音楽に限らず、ラジオ放送やテープレコーダーといった「音」と関わりのある素材がそこかしこにちりばめられていた。本書『白い陥穽《かんせい》　鮎川哲也のチェックメイト』はそうした「音」への興味を背景にした倒叙物が八編収録されている。

光文社文庫既刊の『黒い蹉跌《さてつ》　鮎川哲也のチェックメイト』に収録の「笑う鴉」や「未草《ひつじぐさ》」でも舞台となっていた軽井沢《かるいざわ》だが、「白い盲点」（「オール讀物」一九六二・十二　文華新書『白い盲点』、新評社『わらべは見たり』収録）は有名な避暑地を舞台にした最初期の短編だ。

冒頭、軽井沢の山荘の錠を見るたびに〝モーツァルトのオペラ「魔笛《まてき》」にでてくるパパゲーノを思い出す〟と書かれている。パパゲーノ？　夜の女王の国に住む鳥《とり》刺《さ》しパパゲーノは、捕まえた鳥と交換して食べ物や飲み物を得ていた。「魔笛」の第一幕である嘘をついたために口に錠を掛けられてしまうそうだが、実際に鑑賞した人で、どんな錠か注意深く見る人はどれくらいいるだろう。やはり密室に興味があるミステリー作家ならではの視点ではないだろうか。

それがうがった見方かどうかはさておき、クラシック音楽の愛好家と思われる女性の綿密なアリバイ工作、そして刑事の鋭い追及がスリリングなラストは、倒叙物ならではの味わいと言える。

鬼貫警部の相棒である丹那《たんな》刑事が探偵役を務めているせいか、「暗い穽《あな》」（「オール讀物」一九六四・二　文華新書『白い盲点』、新評社『わらべは見たり』、角川文庫『裸で転がる』、出版芸術社『不完全犯罪』収録）のアリバイ工作には鉄道が関係している。さらに大船《おおふな》駅で売られているシューマイ弁当（実際に売られている人気の弁当は「シウマイ弁当」）が重要な小道具となっていたりと、鎌倉《かまくら》に長年住んでいた鮎川氏ならではの短編だろう。

殺された男がゆすりに使っていた録音器はワイア式のものとなっている。十九世紀末、磁気録音器として最初に実用化されたものの録音媒体はピアノ線だったという。テープレコーダーではなくワイヤーレコーダー（鋼線式磁気録音器）だ。鋼線からステンレス製になったりと改良は重ねられていったが、やはりテープのほうが使い勝手がいいので一般には普及しなかった。ただ、長時間の録音が可能なので、航空機のボイスレコーダーとして、あるいはスパイ活動（！）に長く使われたとのことである。

ここに登場する録音器は一九六一年に発売された「テレフンケン　プロトナ　ミニフォン　スペシャル」という機種のようだ。はたして鮎川氏は実際に使用したことがあったのだろうか。

一方、「鴉」（「週刊現代」一九六四・十・十五　角川文庫『死が二人を別つまで』、立風書房『プラスチックの塔』収録）でゆすりに使われているのはテープレコーダーのほうである。そしてアリバイ工作にもテープレコーダが用いられている。『プラスチックの塔』の「作品ノート」によれば、その工作を失敗に導いてしまった出来事は実際にあったもので、新聞の社会面のコラムで読んだという。

「夜を創《つく》る」（「小説現代」一九六七・一　角川文庫『金貨の首飾りをした女』収録）でもテープレコーダーがアリバイ工作に使われているが、アリバイによく関係する小道具が組み合わされている。犯人の編集者は担当する作家からあることで責められていた。切羽詰まって葉山《はやま》の作家の別荘を訪れ、殺意を一気に高めていく。その作家はテープレコーダーを口述筆記に使用していた。犯行後に聞き直してとっさにアリバイ工作をひねり出す……。犯人には同情してしまうストーリーだが、やはりアリバイは緻密に考えたほうがいいようだ。

クラシック音楽への興味がたっぷり織り込まれているのが「墓穴」（「小説現代」一九六八・九　三笠書房『七つの死角』、集英社文庫『企画殺人』、角川文庫『囁く唇』収録）である。

被害者は海外音楽家のプロモーターだが、招聘《しょうへい》するのは一流の、もしくはクラシック音楽家に限られていた。彼の商売に絡めて、戦前から戦後にかけての音楽事情が語られている。そこに名前が出てくる諏訪根自子《すわねじこ》（一九二〇〜二〇一二）は、「天才少女」と言われ、十代の頃から国際的に注目されたヴァイオリニストである。ただ、この短編が発表された頃には第一線から引退し、伝説的な存在になっていたようだ。そうした人物をさりげなくストーリーに絡めているのはいかにも鮎川作品らしい。

もっともアリバイ工作そのものはクラシック音楽とは関係ない。まさに墓穴を掘ったとしか言いようのない結末である。

愛人と共謀して妻を亡き者にしようとサラリーマンが画策しているのは「尾行」（「オール讀物」一九七一・二　新評社『わらべは見たり』、集英社文庫『葬送行進曲』、出版芸術社『白馬館九号室』収録）だ。ここでは犯人たちは綿密にアリバイ計画を練っているのだが、妻がピアノのリサイタルを聴きに行ったからと、犯行を延期したりもしている。

『葬送行進曲』に収録された際、読者への挑戦状が加筆されたが、ここには元のバージョンで収録した。ちなみにその挑戦文は本書でいえば二四六頁の十四行目の次にあるのだが、以下のようなものだった。「平馬《ひらま》」というのが犯人の名前である。

平馬氏の思考力はこの瞬間ゼロになったようですが、局外者たるあなたの頭脳は絶好調にあると信じます。快刀乱麻《かいとうらんま》を断《た》つというじゃありませんか。期待しています。

「透明な同伴者」（「小説宝石」一九七一・六　立風書房『写楽が見ていた』、集英社文庫『透明な同伴者』収録）では、女流本格派作家の秘められた男女関係の証拠がカセットテープに残されている。複製は簡単だ。結婚の相手が見付かった彼女にとってはじつに厄介《やっかい》な代物だ。そして犯罪計画にも厄介な出来事がまつわりついている。横浜のアパートに仕掛けた第一の計画はなんと失敗してしまったのだ。『写楽が見ていた』の「作品ノート」にはこう記されていた。

これまで再三触れた横浜の家は、高台の上にあった。近所の大半の家が崖の上に建っており、大きな地震が発生したらどうなるのであろうかと、ひとごとながら心配したものだ。ある大雨の夜、いちばん下の民家で一人の男性が圧死したという話を聞かされたことがある。この辺りはアパートが沢山たっており、そうした一軒を想定して書いた。

一九六〇年代後半、一時結婚していた時に居を構えたのが横浜だった。

タイトルがクラシック音楽の名曲に由来するだけに「葬送行進曲」（「別冊小説現代」一九七三・一　立風書房『写楽が見ていた』、集英社文庫『葬送行進曲』、出版芸術社『二つの標的』収録）はクラシックの世界を堪能できる……と言いたいところだが、登場人物たちは音楽関係者なのにもかかわらず、そのジャンルに興味がないのだ。ただ、事件の動機には音楽が深く関係し、アリバイ工作が崩れる切っ掛けもまた音楽に関係している。

『写楽が見ていた』の「作品ノート」にはこう記されていた。

この有名な曲は非常に美しい。ショパンの作品のなかで旋律の美しさという点では最右翼に位置するものではないかと思う。かつて浜尾四郎《はまおしろう》が長編「殺人鬼」のなかで触れていたとおり、中間部はうっとりとなるほどである。

『葬送行進曲』に収録された際、「尾行」と同様に読者への挑戦文が加筆されている。本書でいえば三三三頁の一行目の次にあったが、先に読んでしまうと謎解きの興味を殺《そ》ぐので引用は差し控えておこう。

倒叙ミステリーの理想は完璧な犯罪が、正確に言えば読者にとって完璧と思える犯罪が、読者の気付かないように仕掛けられた手掛かりによって暴かれるものではないだろうか。しかしそれはなかなか難しい。犯人のあずかり知らぬ、予想もできないことが犯行の証拠となってしまうことが少なくない。偶然によって完全犯罪が瓦解《がかい》してしまうのであれば、よほど伏線がしっかり張られていないと読者の推理力は及ばないだろう。しかし鮎川哲也氏が倒叙物を執筆する際には、つねに理想的な形を目指していたはずである。

出典一覧

白い盲点　『わらべは見たり』一九七八年六月（新評社）
暗い穽　〃
鴉　『プラスチックの塔』一九七八年十一月（立風書房）
夜を創る　「小説現代」一九六七年一月号（講談社）
墓　穴　「小説現代」一九六八年九月号（講談社）
尾　行　『わらべは見たり』
透明な同伴者　『写楽が見ていた』一九七九年二月（立風書房）
葬送行進曲　〃

光文社文庫

倒叙ミステリー傑作集
白《しろ》い陥《かん》穽《せい》　鮎《あゆ》川《かわ》哲《てつ》也《や》のチェックメイト

著者　鮎《あゆ》　川《かわ》　哲《てつ》　也《や》

2021年10月20日　初版1刷発行

発行者　鈴　木　広　和
印　刷　堀　内　印　刷
製　本　榎　本　製　本

発行所　株式会社　光　文　社
〒112-8011　東京都文京区音羽1-16-6
電話（03）5395-8149　編　集　部
8116　書籍販売部
8125　業　務　部

ISBN978-4-334-79260-2　Printed in Japan

組版　萩原印刷